Coffee Avenue

珈琲大路

ルーシー渡辺

Lucy Watanabe

目次

金色の肖像写真 7
青い魂 45
最後の不思議な惑星 81
土曜日は琥珀色 121
古い約束 165
珈琲大路 201
あとがき 206

珈琲大路

Coffee Avenue

金色の肖像写真

Brownie Gold

昔。一枚の肖像写真を受け取ったことがある。この写真をどこでも好いから使ってくれないかな？　とそれをくれた人は僕に言った。ブラウン・カラーの瞳が印象的な人だった。彼が僕にくれた写真の中では金髪の中年女性が微笑んでいた。これは、そんな話だ。

僕がその人と知り合いになったのは郊外にある小さな動物園の中でのことだった。その動物園にはらくだのベンチと呼ばれている日当たりの好い場所があって、僕らはよくそこに並んで色々な話をしたものだった。平日の昼間に動物園を訪れる人間の数は限られている。僕らはそれだけでささやかな連帯を覚え、その結果知り合いになって、親しく話し込むようにもなったのだ。

僕がライターをしていると言うと、彼は僕に一枚の写真の話をしてくれた。

「それがいつか君の役に立つことがあるかも知れないな」と呟くようにそう言った。

それから彼は、その一枚の写真が自分にとってどれだけ大切な物であるのかについて語って聞かせてくれた。そこに映っているのはね。まさしく金星人なんだよ、と彼は言った。

僕は彼の話を額面通りに信用したわけではなかった。彼個人のことはこの時点でも、もう十分に信頼していたのだが（平日の昼間に動物園を訪れている人間に悪い人はいない、というのは僕の自論である）、この話に関しては彼がちょっとした冗談を言って、僕のことをからかっているだけだろうと思っていた。その肖像写真を実際にこの目にするまでの間は。

次に動物園の中でその人と巡り会った際には、彼は懐中に一枚の肖像写真をちゃんと携えてきていた。現れた僕の姿を認めると、彼は僕に向かってとても嬉しそうに微笑みかけてきた。僕はその時には彼がしてくれた写真にまつわる物語のことをすっかり忘れ去ってしまっていた。僕らの人生はそれでなくとも忙しいのだ。他人がしてくれた話をいつまでもいつまでも憶えていることは難しい。

僕らはらくだのベンチの上に並んで腰かけた。そこからは事実、らくだの檻が正面に見晴らせた。真冬の平和な動物園の一隅で、らくだたちは暇を持て余しているように見えた。いったいなんだってあいつらは、こんな昼間からのこのことやって来るのかね？　と会話しているみたいだった。

「この間の写真を持ってきたよ」と彼はまもなくそんな風に切り出してきた。

「写真？」と僕は聞き返した。前述した通り、僕はそのことをうっかり失念していたからだ。

「話をしたじゃないか？　金星人の」と彼は尚も畳み込むように話しかけてきた。

「ああ、あれね」と僕は答えた。

「これが、その写真だよ」と言って、彼はベージュのコートの懐中から一枚の写真を大事そうに取り出すと、僕に向かって差し出してくれた。

僕はそれを受け取った。そしてなんの気なしに、その上に映し出された一人の女性の肖像を見下ろしてみた。

それは不思議な写真だった。不思議な女と言い換えた方が好いかも知れない。特に美人ではなかった。髪の色が金色であることを除けば、金星人に由来する成分がそこに含まれているようにも観えなかった。はっきり言って、最初は少しがっかりしたくらいだった。僕はそこに本物の金星人の肖像が映し出されていることを期待していたのではない。その人がこんな陳腐な偽物を使って僕を担ごうとしている（あるいはからかって面白がろうとしている）ということに失望を覚えたのだ。

「ふうん」と僕は写真の彼女を見下ろすと言った。「これが、君のヴィーナス？」

「まあね」と彼は答えた。彼の視線はその際には、らくだたちの影を追いかけて彷徨っていた。風が強く吹いていて、コートの裾をばたばたと揺らしていた。

「幾つくらいの人なの？」

「三七か、八の頃の写真だよ。たしか」

「君が撮ったのか？」

「うん」と言って、なにかを思い出すように彼は頭上の空を見上げた。空には雲ひとつ浮かんでいなかった。冬の日ざしが僕らをベンチごとすっぽりと包み込んでいた。

「どうしてもってお願いして、一枚だけ撮らせてもらったんだ」

「好い写真だよね」と僕は言ったが、どうして自分がそんな風に言ったのか、自分でも理解できていなかった。

「うん」

「で、君はこの写真が僕の役にも立つ時があるかも知れないと思うんだね？」と僕は訊いた。僕にはどのような観点から眺めてみても、その写真がいつか自分の役に立つ時が来るようには思われなかったからだ。

「どこでもかまわないから、その写真を使ってくれよ？」とその人はそう言う際にはいつにない強弁さで僕に迫った。

「でも。僕がやっているのは主に子供向けの記事だからな」と僕は言い訳をするように力なく答えた。「こういう金髪の女性の畏まった写真が必要になる機会は、ほぼ皆無なんだよ」

「本当にどこでもかまわない」と彼は今度は僕の瞳を見つめながら言った。僕らはいま、ここにいるのだ、という気がした。そういう気持ちにさせる人なのだ。特にそのブラウン・カラーのよく光る瞳を眺めていると、そういう気分になる。この人の正体とでも呼ぶべきものが、その窓の向こう側にいて、そこからこの世界にいる僕に向かって手を振っているような錯覚をおぼえる。

「この写真。もらっちゃって好いのか？」と僕は訊いた。

「うん」と言って、彼は笑った。「コピーだからね」

「そっか」

「ちゃんと許可も取ってあるんだ」

「なんの？」

「それを使っても好い、という許可だよ」と驚いたように彼は言った。「ちゃんと本人に確認も取ってある」

「なるほど」

　そこまで言われてしまうと、僕の側にはその申し出を断るための理由がなくなってしまった。らくだたちは好いよな、と彼らを見つめながら考えていたような気がする。クールで賢くて忍耐強い。おい？　あいつら、なんだか揉めているみたいだぜ、とでも言い合っているのだろう。

「タイミングは君次第で好いからね？」とその人はやさしくそう言った。「明日でも明後日でも、一週間後でも一ヵ月後でも、一年後でも十年後でも、君がそれを使いたいと思った、その時でかまわないんだ」

「でもそれだと、いざ使ってみた際に、それをあなたに伝える術がなくなってしまっている可能性がありますね？」と僕は言ってみた。

その人は栗色の髪の毛を風に棚引かせながら言った。

「大丈夫。僕にはそれは、ちゃんとわかるんだ」

「どうやって？」と僕は興味を引かれて訊いた。

「テレパシーで」と彼は今度はちゃんと冗談めかしてそう告げた。「とにかく。それが公開されたらば、僕にはそれはわかるようにできている。どこにいて、なにをしていても。僕はそれを必ずや目にすることになるだろう。そして、それをきっかけにして、僕の方から君に連絡を送ることはできるだろう。そうやって僕らはまた巡り会えることになる。この広い世界の中ほどで、何度でもね」

そこでその話を聞きながら、この人の時間は遥か先にまで繋がっているのだな、と思ったことを憶えている。いや、僕の時間だってそうなんだ、と。そして僕らはその長い長い時間の中ほどにおいて、いまのこの一瞬だけは同じベンチの上に並んで腰かけている。それは幾多の偶然が働いた果てに起きた、本当に奇跡のようなことなのだ、と。

「でもね」とその人は言った。「僕にコンタクトを取る、という目的のためにその写真を使用してはならない。その写真の方からそれを求めてくるまでは、君はただひたすら待たなければならない。言っている意味はわかるかな？」

言っている意味はわかった。しかし写真の女性がフレームの中から僕に向かって、私を使え、とせがんでくることはないだろうとも思った。そんなことはあり得ない。

僕は曖昧に肯いてみせた。そして言った。

「わかった。そうするよ」

動物園でその人と別れて小さなマンションの部屋に帰宅すると、僕はもらったコピーを取り出して、壁の上にぺたりと貼りつけた。そのための場所を見つけるのに苦労はなかった。あらためてそれがそこに貼られてみると、これまではそこにあるはずのものがずっと欠けていただけなのだという風にも感じられた。なんというか、その女性は僕の部屋にすっかり馴染んでいた。彼女は壁の上で寛いでさえいたのだ。その時には、もう。

翌日から。僕は昼夜を問わず彼女の肖像を眺めるということになった。それがいつしか習慣になってしまった。僕はふだんは家で仕事をすることも多かったから、自然写真の中の彼女といる機会も増えた。観れば観るほどに不思議な写真だった。不思議な被写体だ。僕が文章を書くことに詰まってぼんやりと壁を見上げると、そこに彼女がいて、こちらに向かって微笑みかけてくる。大丈夫よ、とでも言うように。すると本当に大丈夫なような気がするのだ。そして次の一行がすらすらと出てくる。こんなことになるのなら、この女性のプロフィールをもっと詳しく聞いておくんだったな、と思った。歳はこの頃で三七か、あるいは八。それ以外の情報はない。名前も国籍も生年月日も、どこに住んでいるのかも、あるいはいまも生きているのかどうかさえ判らない。正体不明の金星人だ。そして彼女は、僕によって使われる機会を伺っている？

その写真の価値がおぼろげに見えてきた頃に、僕はある仕事で都内で暮らす若い独身女性についての記事を書くことになった。ふだんであればそんな仕事はなにがあっても絶対に断るのだが、この時には例の写真を（上手くいけば）どこかで紛れ込ませることができるかも知れないという思いつきが僕を捉えていた。仕事自体は面白くもなんともなかったが、僕の目的はそれとは別のところに存在していた。担当になった編集者は打ち合わせの段階では写真の採用には消極的だったのだが、僕がそれを実際に見せると、急に風向きが変わった。

「これを使え、っての？」と彼はタバコの煙を脇へ逸らすように噴き出しながら、写真を摘み上げて眺めた。

「できれば、どこかで」と僕は言った。

「これ、誰なの？」と言って、編集者は僕を見た。

「秘密です」と僕は答えた。

「う〜ん」と相手は唸った。「後から面倒なことにはならないんだろうね？」

「それは保証できます」と僕は答えた。確証があったわけではない。僕はそれを本人に直接確かめたわけではないのだから。しかし気にするほどのことでもないだろうと思った。それは金星からクレームが届くような天文学的な確率でしかない。

「で、どこに使うつもり？」

「たとえば、ここに。こんな感じで」と僕は言った。

結局。その写真は「彼女たちの肖像」（もちろん僕が付けた）という見出しの下に添え物として収まることになった。記事の内容自体はありふれたものであり、仕上がりも平凡だった。しかしながら僕としては久しぶりに自分のした仕事に手応えを感じることができた。なにはともあれ、そこには金星人の肖像が滑り込んでいる。そのこと一つで他のすべてが救われるとまでは言わないけれど、少なくとも一つくらいは自分が世の中に対して観るに値するだけのものを提供できたのだと思えた。

その雑誌はその年の終わりに店頭に並んだ。僕がその人から写真を受け取ってから一年が経過していた。その間、僕は意図して動物園には近づかなかった。会えば写真の話になるだろうし、そのことで後ろめたい気分にもなるだろうと考えたからだ。でも。その人の性格を考え合わせれば、彼もきっともう、そこにはいなかったろうという気もしている。そういう人なのだ。たったの一枚の肖像写真を僕に託して、彼は僕の目の前からは颯爽と去っていったのだ。

僕は自分の記事が掲載されているその雑誌をわざわざ一部店頭で買った。こういうことはまずめったにはないのだが、既に書いた通り、この仕事は僕にとっては特別な意味のあるものだったのでそうした。すっかりクリスマス・カラーに彩られた街角でそれを手に入れて、同じ通りの角にあったスターバックス・コーヒーの二階でそれを開いた。

写真はちゃんと、そこにあった。彼女たちの肖像というタイトル・ロゴの真下に装飾品のように置いてある。面積は小さいが、それが彼女であるということはちゃんと判る。僕はそのことに安堵の感情を覚えた。これを観れば、僕がそれを使ったということが彼にもわかる。

雑誌を閉じてコーヒーを飲んでいる時に、ふいに見知らぬ女性に声をかけられた。彼女は僕の名前を告げて、それから控え目に「少しだけ、ご一緒してもよろしいかしら？」と言った。

「どうぞ」と僕は言ったが、事の次第に頭の方はまだ追いついていなかった。うろたえている僕のことを、その人は可笑しそうに見つめていた。

「あなたの記事を読んだのよ」と彼女は言った。

「記事？」と僕は聞き返した。

「そう、それ」と言って、その女性はテーブルの上にある雑誌を指さした。

「ああ、」と僕は言ったが、どうして彼女がそれを知っているのかわからずに、そのことでも動揺が収まらなかった。

「彼女たちの肖像。あなたの書いた記事でしょ？」

記事に署名はしていたが、それが僕であるということは判らないはずだった。僕はどこかの媒体に顔を出した記憶はなかった。僕を個人的に知っている人間以外には、名前から僕のことを判別することは不可能であるはずだった。

「いま、うちにも一冊あるのよ？」と彼女はカップに口を付けながら言った。

「これが？」と言って、僕は目の前の雑誌に目を落とした。

「本屋さんであなたの書かれた記事をお読みして、これは是非買わなくちゃ、って思ったのよ。そう思ったの久しぶりよ。そうしたらこうして偶然、ご本人に出会えた。とても嬉しいわ。こういうことってあるのね？」

「失礼ですが、以前にどこかでお会いしましたか？」と僕は訊いた。

「いいえ。これが初めての出会いよ」と彼女は落ち着き払って、そう答えた。

「では、なぜ。これが僕の書いた記事だということがお判りになるんですか？」と僕は目の前の雑誌を見下ろして訊いた。

「なぜかしら、ね？」と彼女は面白そうに笑いながら言った。「どういうわけだか判るのよ、それは」

「テレパシー？」と僕は言った。

「そうね。そういうことにしておくわ」

それから。僕らは少しの時間テーブルの上で話し合った。彼女は僕の書いた記事を褒めてくれたが、僕はそれには釣られなかった。代わりに言った。

「あの記事の価値は、たった一枚の肖像写真が使われている、ということに尽きます」

彼女は試すように僕を眺めていた。そして、諦めたように言った。

「おべんちゃらは止して、ということね？」

「まあ、そういうことです」

「じゃあ、私もはっきりと申し上げましょう。その通り、よ。あなたの書くものには一片の値打ちもないわ。でもね、あの写真にだけは一見の価値がある。それを、そこにあらしめたことの意味は大きいのよ。だからあなたに声を掛けてあげたのよ、こうして」

「ありがとうございます」と僕は言った。

「どう致しまして」と彼女は言った。それから金色の留め具で巻かれた腕時計に目を落とし、「あら！　もう行かなきゃ」

その女性がいなくなった後で、僕は彼女の口にした言葉の意味を噛み締めていた。貶されたとは思わなかった。正当に評価されたのだ。僕の仕事が。この世界に生きている、他の誰かに。

それまでは、そんなことは起こらなかった。僕の仕事には金の価値が不足していた。半端な、その日暮らしに明け暮れてきたのだ。たった一枚の肖像写真が僕のいるこの世界を根底から、がらりと塗り替えてくれた。ブラウン・カラーの善良そうな瞳を湛えた一人の男が、僕にそのための切符をくれたのだ。

イングリッシュモンキーが僕の部屋を訪れたのは、その日の夜ふけのことだった。そうなる直前には一本の電話があった。相手は僕の記事を担当してくれた編集者だった。夜中に編集部から連絡が入ること自体はそれほど珍しいことではないのだが、この時にはなんだか、とても嫌な予感がした。

僕が電話口に出ると、彼は言った。

「いま、編集部に電話があった」

「誰から？」

「猿だ」と実に不機嫌そうに彼は告げた。「イングリッシュモンキーとか言ってたな。心当たりはなにかあるか？」

「いえ」と僕は短く答えた。

「とにかく。そいつがいまから、そっちへ行く。君が記事に使用した写真のことで、本人と直接会って話がしたいそうだ」

「いまからですか？」と僕は内面の動揺を押し殺しながら答えて言った。「僕の部屋に？」

猿が？

「仕方がないだろ？」という責めるような声が耳に鋭く突き刺さった。「相手が強く、それを望んでいるんだから」

「その、猿が？」

「そうだよ」

「なぜ？」と僕は言った。

「こっちが聞きたいよ！」と相手はほとんど悲鳴にも似た声を上げた。「本当に面倒なことにはならないんだろうね？　雑誌はもう発行されているんだ。いまさら取り返しはつかないよ。君や、ましてや俺の責任問題になったら、たまらないよ」

「そんなはずはないんですがね」と僕は殊更落ち着いた風を装って答えたが、心臓の方は早くも高鳴り始めていた。

「とにかく」と相手は自らを落ち着かせるように静かな声で言った。「あまり相手を刺激するようなことは言うなよ？　相手は猿なんだから。上手に丸め込むんだ。金が要りようなら後から経費として請求してくれ。幾らでもかまわないから」

それだけ言うと、電話は切れた。僕は受話器を握り締めたままで、しばらくはその場に固まったまま動きだすことができなかった。僕の周りで色々なことが音を立てて変わり始めている。そういう確信があった。善きにつけ悪しきにつけ、僕はそれをやったのだ。古い約束に導かれるようにして。

ようやく受話器を置いて、壁の上に貼られた肖像写真へと目をやった。金星人はその時にもフレームの中から僕に向かって微笑みかけてきてくれた。大丈夫よ、と彼女の瞳は僕に向かって囁きかけていた。さあ。いまから、愉しい時間の始まりよ、と。

それからおよそ半時後には、僕のマンションの真下に一台のタクシーが停まって、その後部座席から一匹の猿が降りてきた。僕は居たたまれなくなってしまって、建物の目の前を走り抜けている緑道の上から薄い月を見上げていたのだ。そこに、イングリッシュモンキーが到着した。

タクシーが行ってしまうのをたっぷりと見届けた後で、その猿は視界の中心に僕の存在を確かめるように振り向いた。猿と僕との間には、まだ五メートルほどの距離があった。辺りは暗かったけれど、それが猿であるということは見間違いようがなかった。あの動物園から抜け出してきたようには見えなかった。彼は洋服を身に付けていたし、首もとにはマフラーまで巻き付けていたからだ。都市での生活に適応したストリート・スタイルの新しい猿だった。その猿には、僕がお目当ての人物であるということは、とっくに判っているみたいだった。

「わざわざお出迎えかね？」とイングリッシュモンキーは僕に向かって言った。「部屋におれば好いものを」

「落ち着かなくて」と僕は答えた。

「なにもあんたを取って食おうってわけじゃない」と猿は静かに笑いながら言った。「そんな風に肩肘を張る必要はないんだよ？」

「しかしなぜ、あなたが？」と僕は訊ねてみた。

猿が徐々に、僕に向かって距離を詰めてきた。

「あんたがあの記事に使った写真のことで用があるんだよ」と申し訳なさそうに猿は言った。

「あの写真になにか問題が？」と僕は訊いた。僕は頼まれてそれを使用したのだ。盗んだ写真を無断で使用したのとは訳が違うはずだ、と思った。

「問題はない」と猿はきっぱりと答えた。

「なら、」と僕は言いかけた。

猿は素早くそれを制した。

そして言った。

「まずは部屋に上げてくれないか？　写真がいまもそこにあるのかを確かめたい。それからここは寒い。中でコーヒーでも飲みながら話そうぜ？」

それから。僕らは二人でエレベーターに乗って階上にある僕の部屋に向かった。そこで猿は、僕がふだんは仕事で使用しているキャスター付の椅子の上に腰かけて、僕が淹れたコーヒーを旨そうに飲み干した。「お代わりをくれないか？」

その時にも、件の写真は壁の上にちゃんと貼ってあった。当然だ。それは勝手に自らの意志で消滅したりはしないものだからだ。猿はカップを包み込むように両手で持ちながら、そこにある金星人の肖像にうっとりと見惚れていた。

「美しいね？」などと猿はほざいた。

「そうですね」と僕も曖昧に応えて言った。

「モナリザのようだよ」

「観たことあるんですか？」

「ああ。大昔にルーブルでね。当直の警備員が話のわかる奴で、特別に入れてもらうことができたんだよ」

「それは好かったですね」と僕は言ったが、なにが好かったのか、わからない。

「君にこの写真をくれた人間は、いま、どこにいるんだ？」と猿は訊いた。

「それはわからないんです」と僕は答えるしかなかった。

「そうか」と猿は残念そうに俯いた。

「あるいは動物園に行けば、まだそこにいるという可能性はあります」

「どこの動物園だ？」

僕はその動物園のある地名を告げた。

「遠いな？」

「けっこうありますね」

「これを譲ってもらうことはできないか？」と猿は言った。

「でも。コピーですよ？　あくまでも」と僕は答えた。

猿はそれについてなにかを考え込んでいた。でも、やがて口を開くと、こう言った。

「わかった。夜ふけにすまなかったね？」

「もう行くんですか？」

「ああ。用は済んだからね」

「写真は？」

「好いよ。そこに貼っておいたら好いさ」

猿は別れを惜しむようにもう一度だけは壁の上の金星人の肖像をじっと見つめた。

僕は言った。

「あなたはてっきり、クレームを言いに来たのかと思っていました」

猿はそれにはなにも答えなかった。

僕は猿の横顔を見つめながら尚も言った。

「あるいは、その写真を回収しに来たのだろうと思っていました」

イングリッシュモンキーがこっちを見た。そして言った。

「そのつもりだったんだが、実物を観てみて気が変わったのさ。そういうことって、よくあるだろ？」

「ええ」と僕は言ったが、そんなことって、そうそうあるだろうか？　とも思っていた。でもこれ以上、猿のことを刺激したくはなかったので黙っていた。

イングリッシュモンキーは空になったカップをデスクの角にちょこんと置くと、椅子からは立ち上がり、歩いて玄関で靴を履いた。どこからどう見ても人間の男のようにしか見えなかった。彼と時間を共にするうちには、それが猿であるという認識は意識の遥か後方へと吹き飛ばされていってしまう……。

最後に。イングリッシュモンキーは振り向いて、まだ部屋の中に立ち尽くしている僕に向かって言った。

「さよなら。愉しかったよ」

「僕もです」と僕は大袈裟に肯いて言った。

「また、あの写真をどこかで使えよな？」

「ええ、それはもう。お約束します」

「楽しみにしているよ？」

「はい」

イングリッシュモンキーはドアを開けて、外へ出て、それをまたぱたりと閉じた。彼の足音が廊下の上を徐々に遠退いていくのが聞こえた。僕はたっぷり時間を置いてから、ドアに鍵をして、チェーンをかけた。それからキッチンで二人分のカップを洗い、もう一度デスクの前に戻って、あらためて写真がそこにあるということを確かめた。

ね、大丈夫だったでしょう？　と金星人の微笑みが告げていた。

「あまり愉しくはなかったけれども、ね」と僕は言った。

その晩は一睡もできなかった。猿が部屋を訪れた興奮のためではない。真夜中にコーヒーを飲んだせいだ。ベッドの上で身じろぎもせずにひたすら天井を見つめ続けていた。編集部からの電話も鳴らなかった。

翌週の月曜日に、僕は約一年ぶりに動物園まで足を運んだ。経費がかからなかったのがせめてもの救いだな、と僕は思った。動物園自体はまったくなにも変わっていなかった。真冬の厳かな動物園がそこに待ちかまえていた。空は青く、風は冷たい。らくだのベンチに腰かけて降り積もる日ざしの中に身を置いていると、一年間という時間がいかに呆気なく過ぎ去ってしまうものなのかが身に染みてわかった。僕らはこうして歳を取っていくのだな、と。

らくだたちは、ひと夏を乗り越えたことで、ひと周りぶんたくましく成長したようだった。彼らは僕の存在には無関心だった。おい？　あいつ、また来てるぜ、とも言わなかった。ただ檻の中で貯めこんだ燃料を持て余していただけだ。

僕に写真をくれたブラウン・カラーの瞳の男はいつまで待っても現れなかった。僕の視線はベージュのコートの面影を探して園内を彷徨っていたのだが、とうとうそれを捕まえることはできなかった。僕は諦めてベンチから立ち上がり、スタンドで紙コップに注がれた薄いコーヒーを一杯だけ飲んでから、そこを去った。

帰りの電車の車中で、僕はこの一年の間に起きたことをあらためて振り返ってみた。大したことはなにも起こっていなかった。多少なりとも意味のある仕事は「彼女たちの肖像」と題された小さな特集記事ひとつだけ。それだって一年後には、そんな記事が存在していたことさえ誰も憶えてはおるまい。僕らはそうやって少しずつ過去に属していくことになる。僕も彼も彼女たちも、永遠にここに留まり続けることは不可能だ。日々半端仕事に勤しんで、その日暮らしを継続していくことが精一杯の有様だ。果たして、その結末は？　明るい未来なんてものが、本当にこの先にあるのだろうか？

都心へ戻ると、いつもの時間が僕のいる世界をたちまち隙間なく塗り籠めてしまった。僕には年内に仕上げなければならない原稿がまだいくつも残されていた。自宅へと戻りたかったけれど、事務所に顔を出さなければならない用事もある。なんだって、こんなに忙しいんだ？　と思った。その日暮らしというのも、決して楽なもんじゃない。

その後。僕は何人かの女性たちから街中で声をかけられることになった。彼女たちはいつも突然、視界の端から、僕の人生と交錯するように飛び込んできた。そして、気がつくともういなかった。いつでも女たちの残り香の中に、僕だけがぽつんと置いてあるのだ。

「あなたでしょ？　あの記事を書いたの」とそのうちの一名は僕に言った。「隠さなくたって好いじゃない。ねえ。写真のあの人って、あなたの恋人かなにかなの？」

「写真？」と僕は惚けてそんな風に答えることにしていた。

「ほら、あの金髪の女の人よ」

「ああ、彼女ね」と僕は言う。

「あの人のこと、もっと知りたいんだけど？」

「悪いけれど、僕も彼女のことは、ほとんどなにも知らないんだ」

「そうなんだ」と相手はがっかりしたように言うことになる。「次はあの人のことをもっと詳しく知りたいわ。なにか判ったら、記事に書いてよね？」

「そうするよ」

そんなことが何回か引き続いた。彼女たちは僕がそれを書いた、ということをちゃんと知っていた。そして僕個人についてではなく、写真の中にいる金星人の正体について詳しく話を聞きたがった。僕にはそれについてでは言えることはなにもなかった。たまたま。それをある人から譲り受けただけなのだ。僕は彼女の素姓を知らないし、本人にも会ったことはない。僕が弁解するようにそう告げると、大抵の〝彼女たち〟はそこで僕に対する一切の興味を失ってしまうことになった。いや、始めからそんなものはなかったのだ。そして、僕らはそこで別れ、ふたたび街中の一名へと舞い戻ることになった。

ただ一人だけ。僕はそのうちの一名とはもう少しだけ深く関わり合うことになった。彼女の名前はここでは仮にサメジマアヤとしておく。これを読めば、彼女本人にはそれが自分であるということは判るはずだ。

サメジマアヤと僕はその日の夕刻に映画館で知り合った。僕らはロビーで開演を待つ間に少しだけ話をした。彼女もいわゆる自称〝金星人予備軍〟の中の一名だった。少なくとも彼女自身は自らのことをそう看做していた。私もいつかは金星人になりたいの、と彼女は実際、僕にそう言ったのだ。

「あの記事に添えられていた肖像写真を観て、この人は本物だって思ったのよ」とサメジマアヤは僕に言った。「正真正銘の、混ぜ物なしの金星人。初めて観たわ」

そう言う際の彼女の口調には平素にはない熱が籠められているように僕には感じられた。彼女たちのなにが（ここまで熱烈に）金星人の肖像を希求するのかが解らずに困惑したことを憶えている。

「それで。君にはこの僕が、その肖像をあの記事に使用した張本人だということが判ったんだね？　僕のことをひと目見た瞬間には、もう」と僕は何度か口にしたこの台詞をこの時にもまたくり返すことになった。

「確信はなかったけどね」と彼女は言って、僕をまっすぐに見つめてきた。「でも、なんとなく判るのよ。人生の中で、一度でも金星人に近接した人って。そういう匂いがするから」

「金の匂い？」

「まあね」

「でも、僕は間接的に彼女に触れたに過ぎないんだよ？」と僕は確かめるように言った。それから。僕が例の肖像写真を手に入れることになった経緯について手短に語った。

「動物園？」とサメジマアヤは僕の話をすっかり飲み下した後でまず、真っ先にそう言った。

「郊外にあるんだ」と僕は言った。「電車に乗って二時間くらいかかる」

「どうして。あなたは、そこにいたの？」とサメジマアヤは不思議そうに僕に訊ねた。

「真冬の人気のない動物園が好きなんだ。昔から」と僕は言った。

「だから、そこまで行ったのね？」

「うん。いわゆる理想的な動物園なんだよ、そこは」と僕は言った。「らくだのベンチもあるし、ね」

「真冬にしか行かないの？」

「まあね」

「一度行ってみたいわ、私も」と彼女が言った。

「好いよ。今度一緒に行ってみよう」と僕は言った。

その晩。僕らは寝ることになった。どちらからともなく、そういう雰囲気になってしまった。

これは、彼女には別に付き合っている恋人がちゃんといたにも関わらず。

これは、それとは違うから、というようなことを彼女は言っていた気がする。別物なのよ。私たちには、そういう時間が必要なのよ、と。

「私たち？」

「うん」

「世の女性全般を指して言っているのかな？　いま、君は」と僕は訊いた。

「そうじゃないわ。ある種の女たち、ね」

僕にはそれ以上彼女を問い詰めることはできそうになかった。それに、このような場面で論を説いても白けるのは目に見えている。

映画の後で、酒を飲んで、駅前でタクシーを拾った。

「ねえ、ホテルじゃなくて好いの？」と彼女は言った。

「ホテルで寝るのは好きじゃないんだ」と僕は言った。

サメジマアヤは僕の部屋の狭さよりもずっと、壁の上にその時にもまだ貼ってあった一枚の肖像写真にたちまち心を奪われてしまったらしかった。

「これよ！　まだここにあったのね？」と興奮気味に彼女は言った。

「話してなかったっけ？」

「うん」

「観ていても好いかしら？」

「好いよ」

僕はキッチンに行って、やかんを火にかけ、二人分のコーヒーの準備を始めることになった。やれやれ。今夜もまた一睡もできそうにないな、と思った。それならそれでかまわない。観たいものを観たいだけ観ていれば好いのだ。

　僕らはベッドの上に並んで腰かけた。そこでコーヒーを舐めるように飲みながら、壁の上の金星人の肖像を拝むように見上げていた。

「モナリザみたい」とサメジマアヤがぽつりとそう呟いたのが聞こえた。

「前に、君と同じことを口にした猿がいたな」と僕は思い出して言った。

「猿って、お猿さん？」

「そう。イングリッシュモンキーって言うんだ」と僕は言った。

「猿が、これを観に来たの？」

「そうだよ。真夜中に一人でタクシーに乗ってね。そこの椅子に腰かけて、コーヒーを二杯飲んで、大昔にパリで観たモナリザの話をして、帰った」

「へえ」と彼女は曖昧に応えただけだった。

「その話を、もっと聞きたい？」

「全然」

　翌朝。早くに、彼女は僕の部屋から出ていった。午前中にどうしても外せない用事があるのだと彼女は僕にそう告げた。嘘のようには聞こえなかった。僕らは一晩をかけて少しは親密になれていた、と思う。

　出ていく間際にはちょっとした騒動もあった。彼女が身に付けていたらしいピアスが片方だけ、どうしても見つからなかったのだ。

「この部屋に来るまでは絶対に身に付けていたのよ？」と彼女は言った。「私、それをたしかに外したんだもの」

「どこで？」と僕は訊いた。

「洗面台の前よ。シャワーを浴びる直前に気がついて、その上に置かせてもらったのよ」

「たしかに二つとも外したの？」

「そうよ、二つ」と彼女は言った。

「でも」と僕は言った。「昨夜はけっこう飲んでもいたからな」

「なによ？　私の記憶が間違っているとでも言いたいの？」

彼女がムキになって言い返してきたので、僕は相手をなだめようとして言った。

「とにかく。この部屋にそれがあるというのなら、いずれ必ず見つかるよ。見つけたら君の部屋に郵便で送ってあげるから、そこに住所を書いておいてくれないか？」

「本当に？」と彼女は泣きそうな顔になって僕の顔を見返してきた。それから腰を屈めて、デスクの角に置いてあったメモ帳に、素早く自分の部屋の住所を書き留めるようにした。

「動物園のチケットと一緒に封筒に入れて送るよ」と僕は言った。

「そうして」

「さあ。時間がないんだろ？」

「あらっ大変！」と時計に目をやった彼女は急ぎ足で玄関へ向かうと、そこに投げだされたままのヒールの底にストッキングに包まれた足を突っ込むようにした。

僕は見送りのために彼女の後を追いかけて玄関まで出ていった。

「ねえ、そのピアスは大切な思い出の品かなにかなの？」と僕は彼女の背中に向かって問いかけた。

「ううん、全然そんなんじゃないのよ。安物だしね」と彼女は声だけを返した。「けど、身のまわりの物がなくなると、それだけで私はとても不安定な気持ちになるのよ。自分がその分だけ欠けたような気分になるの。昔からそうなの。だから絶対に見つけてね？　見つけたら送って」

「そうする」

それから。彼女はばたばたとドアを開けると、かけ足で廊下を歩いていってしまった。彼女の姿が見えなくなるまで見送ってから、僕は開かれたドアを閉じて、鍵をかけた。

結局。その失われたピアスの片方は見つからなかった。僕はけっこう真剣に部屋中を隅々まで探してまわったのだ。その日の午後には。鳥を象った青い小さな石の付いているピアスだった。彼女の左の耳たぶの上に収まるはずだったその石は、どうやら僕の部屋の中ほどにおいて、時の狭間へと零れ落ちてしまったらしかった。彼女はそれをたしかに洗面台の上に置いたと言っていたのだから、なにかの拍子にそれが落ちて、排水管を通って室外へと放出されてしまった可能性もある。そうなったら探し出すことは不可能だ。残念だけれど、諦めるより他にはない。

ピアスが見つからなかったことで、僕はサメジマアヤと動物園に行く約束を果すこともできなくなってしまった。彼女は僕のことを無能だと思うだろうし、無能な男と真冬の人気のない動物園に行きたいと思う女はいない。一緒に動物園に行ったとして、僕にできるのはせいぜいが彼女を猿山の前まで案内し、そこにいる猿たちとイングリッシュモンキーとの決定的な差異について語るということくらいなのだ。そして、そんな話は、彼女は全然聞きたいとも思っていない。

僕はふたたび、その日暮らしの、半端仕事のくり返しの渦中へと舞い戻っていくことになった。それが僕に与えられた役割だった。金星人の肖像写真は変わらず壁の上から僕のそんな生活を見守ってくれてはいたけれど、それが僕の役に立つことはもうなくなっていた。あとはご自身のお力で事態をなんとかしないさいな、と彼女の微笑みは告げていた。僕はときどき文章に詰まると、それを見上げ、ため息を一つ吐き出してから次の一行にぐずぐずと取りかかった。

そんな風にして、季節は冬から春へと巡っていった。もう誰も僕の部屋を訪れることはなかった。街中で〝彼女たち〟によって呼び止められ、金星人について語り合う機会もめっきり減った。そんなものだ。人々はそうそう昔のことをいつまでも憶えているわけではない。みんないつもの電車に乗って、いつもの場所を目指していた。僕もその中の一名だった。自宅と事務所と編集部の間を規則正しく往還し続けるだけの伝書鳩。ときどき気の利いたフレーズを紡ぎ出すことはあっても、それ以上のことはない。要するに、普遍的な表現なるものを獲得する才能が僕には欠如していた。果たして、そんなものが存在するとして、それは僕なんかには手の届かない遥かなる高みに位置している。

休みの日にはベランダでコーヒーを飲んで、消えてしまったピアスのことを考えたりもした。サメジマアヤの住所を記したメモはまだ手許にあったけれど、そこへと送るべき物の方がなかった。それに冷静に考えてみれば、恋人のいる若い女性の部屋にピアスの片方を送りつけるというのはあまり賢いやり方とは言えない。万が一それが明るみに出てしまったら、二人とも無傷ではすまないであろうことは目に見えている。事実、彼女はもう僕には連絡を寄越さなかったし、僕の生活半径の中に忍び込んでくることもなかった。彼女にとっては、僕の存在は（そもそもの始まりからして）その程度のものでしかなかったのだ。

電話が鳴ったのは、そんな日々に好い加減うんざりしてきた頃のことだ。最初は間違い電話だろう、と思った。知らない番号からの電話だったし、声にも聞き覚えがなかったからだ。しかし話をするうちに、相手が彼であるということが判ってきた。そのブラウン・カラーの瞳の輪郭が徐々にではあるが、確実に、僕の脳裏に精密な像を結び始めたのだ。

「……それで、今日。君の書いた記事を見たんだよ」と彼は言った。

「今ごろになってかい？」と僕は答えた。

「ああ。少しばかり忙しくてね。世の中のことにかまってはいられなかったんだ。でも見つけた。言ったろ？　どこにいてなにをしていても、僕にはそれはちゃんとわかるんだ、と」

「そうだね」

「僕が渡したあの写真が君の役にも立ったようだね？」と彼は嬉しそうに言った。

僕はそれについて考えてみた。果たしてあれが、なんの役に立ったのか、を。

「僕には自分がなにをしたのかが、まだ正確には理解できていないんだ」と僕は言った。それは正直な実感でもあった。たしかに僕は意味のあるなにかをしたらしい。でも、それがなにを意味しているのかが理解できないでいる。

「僕はなにをしたんだろう？」気がつくと、僕はそう言ってしまっていた。

間があった。

相手の方が先に口を開いた。

「それを君に教えてくれる人間は、だれも現れなかったのか？」

「いまのところは、まだね」と僕は答えた。「それについて示唆的な言葉をかけてくれた人は何人かはいるよ。でも、その本当のところはわからないままなんだ」

「そうか」と言って、彼はまた黙り込んだ。それから言った。「ところで。いま、どこにいると思う？」

「君が？」

「うん」

「どこだ？」

「動物園だよ」と彼は言った。とたんに彼の背後からゴーゴーという風の音が聞こえたような気がした。「らくだのベンチの上にいる」

「そっか」と僕は言ったが、後の言葉は続かなかった。

「君もいまから来ないか？」

「そこに？」

「そう。並んで話をしようよ？　会えないでいる間に話したいことがたくさんできたんだ」

「金星人の話かい？」と僕は訊いた。

「いや、また別の話だよ」

「聞きたいね」と僕は言った。

「じゃあ決まりだ。僕は今日は何時まででもここにいる。ちゃんと厚着をして来いよ？　ここは風が強いから」

「日当たりは？」と僕は言った。

窓の外には青い快晴の空がどこまでも広がっていた。

「抜群だよ」という声が返ってきた。

そうだ。たとえ曇り空の日であっても、あのベンチの上にだけは真冬の光線が差し込むようにできている。僕はそれを知っている。

受話器を置くと、胸の奥でなにかが息を吹き返したような気がした。僕は壁にかかっていた上着を一枚だけ羽織ると、そのまま転がるようにして、部屋を出ていった。


それから。およそ二十年後に、僕はある場所でとうとうその人と巡り会うことになった。もちろん歳は重ねていたし、髪の毛も金色ではなくなっていたけれど、僕にはそれが彼女であるということがありありと解った。実在する彼女をひと目見た瞬間には、もう。その時に僕が立っていたのはとあるパーティ会場の一隅で、他にも大勢の紳士淑女たちがその場所を華やかに満たしていた。僕はそこに所在なげに立ち尽くしていたのだ。つい、さっきまでは。

彼女を見かけた際に僕がとった行動は素早かった。僕は彼女のいるテーブルを目がけて文字通り突撃を開始した。絨毯の上を滑るように横切って、後ろからそっと彼女に向かって声をかけた。相手はそこで始めて僕の存在に気がついたらしく、驚いて振り向くと、そこに立っていた見知らぬ男の顔をまじまじと見つめた。それから、戸惑いとはにかみとが入り混じった笑みを浮かべて、小さく首を傾げるように動かした。なにか？

「あなたの写真を、いまでも大切に持っています」と僕は言った。

「写真？」

相手は心底状況が理解できかねるようだった。それでも僕のことを邪険に扱ったりはしなかった。そのとき彼女は同じテーブルを取り囲んでいた数名の来賓客との会話に興じているところだったので、周囲を気遣うように一度背後へと振り向いてから、もう一度僕の顔を見て言った。

「少しのあいだ、場所を変えてお話をしませんか？」

そこで。僕は彼女に対して、初めて事の次第を打ち明けることになったのだ。彼女は興味深そうに僕の話を聞いていた後で、こんな風に言った。

「私のお写真が、あなたのお部屋に？」

「若いころの話です。どうか大目に見てください」と僕は言った。

「それで、なにかのお役に立つことがあったかしら？　私の、そんな昔の写真が」と彼女は言った。

「大いに」と僕は答えた。「当時はそれにどんな意味があるのか、自分でもまだ解ってはいませんでした。しかし、いまならば、それは解ります」

「そう」と彼女は言ってくれただけだった。「なら、好かったわ」

「話はこれで全部です。お時間を取らせてしまい申し訳ありませんでした」と僕は詫びた。

相手は、そんなことは好いのよ、とでも言うように素っ気なく肯いただけだった。それから言った。

「でも変ね？　そんな写真を撮られた憶えはないのよ、私の方には」

「そういうものですかね」

「ええ」

「ブラウン・カラーの瞳が印象的な男です。まだ生きていれば、僕と同じくらいの歳ですかね」と僕は言った。

「憶えていないわ」と言って、彼女は首を力なく左右に振った。それから僕の顔を見て「ごめんなさいね？」

「好いんです」と言って、僕は苦笑するしかなかった。「若くて愚かしかった時代の話ですから」


その人は会場に戻ったが、僕にはもうそこへと戻る理由は見つけられなかった。ホテルから抜け出して、待機していたタクシーに飛び乗った。金の匂いがする、といったサメジマアヤの言葉が懐かしく思い出された。たしかに。その人の身体の奥底には金脈がいまも流れていた。僕にはそれがよくわかった。金星人とは死ぬまで金星人なのだということが。

この前。久しぶりに冬の動物園まで足を運んだ。そこにあるベンチの上に腰かけて、らくだたちの顔をぼんやりと眺めていると、若い時代に起きたあれやこれやが次々と思い出された。ベージュのコートに身を包んだブラウン・カラーの瞳の男が、かつてこの場所で、こう言ったことがある。

動物園というのは僕らの時間をひと繋ぎにするための装置なのだ、と。当時は意味が解らなかったが、いまならば彼の言いたいことはよく解るような気がしている。たしかに。その通りだ、と僕も思う。僕らはこの場所で、ほんの束の間だけは、時間という名の檻の外側へと飛翔することを許されていたのだ。過去と未来と現在とがひと繋ぎになっている時空の上で大いに遊び、そしてまたこのベンチの上まで帰還してくることになる。動物園とはそのための一つの装置に過ぎないのだ。不時着したての巨大な宇宙船。その中心に、らくだのベンチ、がある。

そんなことを考えていた。

ようやくベンチから立ち上がり、スタンドで薄いコーヒーを一杯だけ飲んで動物園を後にした。出ていく時に入口の手前で、誰かがそこに落としていったらしい、小さなピアスの片割れを拾った。木の実の形をした金色のピアスだった。「落し物カウンター」にそれを届けてしまうと、今度こそ、するべきことはなくなってしまった。

サメジマアヤを動物園に連れてくることができなかったことは心残りだ。彼女がいつか自分の足で、この動物園を訪れてみてくれたら僕はとても嬉しい。欠けてしまった彼女のピースがこの場所で見つけられることを、僕としては願っている。

青い魂

Blues for Steakhouse

学生のころ、半年間だけステーキハウスの厨房でアルバイトをしたことがある。

もちろん肉は焼かなかったし、売り物になる食材には、ほとんど手も触れさせてもらえなかった。僕がしていたのは主に食器洗いとドリンク類の提供で、後はゴミ捨てや不足品の買い出しといった、細々とした雑用のみであった。忙しいときもあったし、あまりそうではないときもあったが、平均してみれば、まあそれなりには働いていたと思う。

片田舎のとある小さな駅前にある、あまりパッとしない見ための ステーキハウスだった。店名は「TENDERLY」。同じ通りの角には「馬鈴薯」という名の喫茶店もあった。他にも「DIZZY」というブティックや「西洋亭」という名の惣菜店が軒を連ねていたはずだ。昼間でも薄暗い中古レコード販売店の名前は、たしか「トリケラトプス」だった。さらに路地の奥へまで足を延ばせば、スナック「CARMEL」があり、そのすぐ裏手には

「ＦＲＯＮＴＩＥＲ」という名の馬鹿でかいラブホテルが建っていた。

どの店も筋金入りの個人商店で商売気はあまりなかった。いらっしゃいませ、も言わなければ、ありがとうございました、もない。彼らはじっと僕を見て、そこを過ぎ去っていった数多くの者たちと同じように見送ってくれただけだった。目に映るすべての風景に場末の観光地の気安さが横溢していた。僕はこの町のそういった雰囲気が案外嫌いではなかった。

僕という人間がどうして、その町へ流れ着いたのか、ということについて話しだすと少々長くなる。当時の僕は一九歳で都内の大学に籍だけは置いてあった。まあ色々なことがあり、入学して早々に僕はそのキャンパスには足を踏み入れなくなってしまった。後期の授業をすべてキャンセルして旅に出ようと思いついたのは夏季休暇が終わる三日前のことだった。僕は世田谷にあった下宿先を引き払い、わずかばかりの私物を処分して、気がつけば一個の旅行鞄だけと共に一本目の列車に飛び乗っていた。

特にどこへ行こうというあてがあったわけではない。そこから離れることができればそれだけで十分だという風に考えていた。旅先から一度だけ郷里の実家に電話をかけて、父にだけは本当のことを打ち明けた。父は僕がなんの相談もなしに大学に休学届けを提出したことについては特になにも言わなかった。それはもう受理されてしまっているのだから、いまさらなにを言ったところで始まらないと思ったのだろう。努めて実務的な人なのだ。僕の父という人は、昔から。

代わりに父はこんな風に言った。

「それで、この後は何をするつもりなんだ？」

「まだ何も考えていない」と僕は正直に答えて言った。

「仕方のない奴だな」と言ったきり、父は電話口でしばらく何かを考え込んでいた。が、やがて口を開くとこう言った。

「母さんには俺から折を見て話すから、お前はなにも言わなくて好い」

「助かるよ」

「金はあるのか？」

「なんとかね」

「足りなくなったら言え。送ってやるから」

「ありがとう」

休学に際しては大学側からもいくらかの譲歩がなされ、僕は（あくまでも特例で）後期の授業料を全額免除されることになっていた。単位は頭から取り直しだが、それはまあ仕方がない。学生証を失くさなかっただけマシだとでも思うしかない。一年間浪人したと思えば半年分の授業料で身分を買ったと言えなくもなかった。

会話の終わり際に父はいささか唐突にある町の名前を僕に告げた。暇なら行ってみな、と父は言った。とても好いところだから、と。それまでのところ僕は父からその場所について聞かされたことは一度もなかった。そこがどんなところで、それが父という人間にどのように結びついているのかを、とうとう彼は知らせてはくれなかった。その町は僕がその時に電話をかけていた民宿のある町からはさほど離れてはいなかったから、それを聞いた父の頭の中で歯車式に連想が働いて、どこかで聞きかじったことのあるその地名がとっさに口を突いて飛び出してきただけのことだったのかも知れない。

しかしながら、この着想は僕にはありがたいことだった。その旅路は早くも行き詰っていたのだし、この先はどこまで行っても同じことなのだということは火を見るよりも明らかであったからだ。

翌日にはもう僕は件の町へと辿り着いていた。小さな駅舎を出て行くと、正面に小さなロータリーがあった。ロータリーの中心には「〇〇牛と温泉の町」という文句が刻まれた小ぶりの石碑が立っていた。周囲にはコンビニエンス・ストアが一軒と不動産屋と土産物を売る売店があるだけだった。売店の脇にはしなびた観光案内所の看板が出ていたが、その小屋の中には誰も立っていなかった。道の上に数台のタクシーが停まっていて、地元の運転手たちが花壇の前でお弁当を食べたり、新聞を読んだりしていた。

どうして僕がこんなところに？　という放浪者が一度は襲われるこの疑問が全身を鋭く射抜いたのが僕には解った。今すぐにでも踵を返して駅舎の中へと舞い戻り、そこで何時間でも列車を待って速やかに東京へと引き返すべきなんじゃないか？　そういう予感が働くということは、この町には僕を引き寄せる何物かが潜んでいるということなのだ、と僕はほとんど直感的にそう理解した。本能がそれを警告してくれているのだ、と。これまでは一介の気ままな旅行者として振る舞っておれば好かったものが、これより先はずっと注意深くなる必要がある。でなければ僕はここで足を取られ、最悪の場合はここで一生を終えて、果てはこの土地に骨を埋めるということにだってなりかねない。

その時に、その光景を目にして感じていたのは概ねそういうことであった。もちろん、これほど明確に事態の全貌を見通せたわけではなかったが。人生には時として、この種の直観が脳裏へ訪れる稀な瞬間がある。未来がちらりと垣間見えるのだ。視界の端をなにかが横切る。しかしながら、これは僕がまだ駆け出しの若造であった時代の話であり、僕にとってはそれが初めての体験でもあったが故に、耐性もなにもなく、このような場合にどのように処するのが最も適切であるのかも見当がつかなかった。

一度は引き返しかけた足を勇気づけるように一歩、また一歩と僕は進んだ。通りに座り込んでいたタクシードライバーたちが一瞬だけはこちらへと振り向いたのがわかったが、彼らはすぐに僕には興味を失って、自らの目下の関心事へと舞い戻っていった。

それから。およそ一五分後には、僕はとあるステーキハウスの前に立って壁に貼られた求人募集の広告を熱心に見つめていたというわけである。下宿が決まるよりも先に仕事が決まったのは人生において初めてのことだった。その後もそんなことは一度もない。ということは、あれは本当に気まぐれな天からの贈り物だったのだろう、とでも思うしかない。僕はその夜にはもうエプロンを身に付けて、そのステーキハウスの厨房の外れで一枚目の皿を洗っていた。何もかもが駆け足で運んで、正直に言って記憶が曖昧になっている。確かなことはそれらの記憶の断片のどれを拾い上げてみても、そこには肉の脂と煙の匂いが宿命的にこびりついているということのみである。

僕にとって、その町の記憶とは、要するにステーキハウス「TENDERLY」の記憶なのだ。

前述した通り。僕がそこで働いていたのはわずか半年間のことであり、その町に滞在していた期間もそれに毛が生えた程度のものでしかない。その間じゅう僕はほぼ毎日その店に出入りしていた。

その後はその地方へ足を向けたことは一度もない。いま現在では、僕と「TENDERLY」とを結びつけている接点はどこにもない。というよりも、僕はつい最近になるまで自分がそのような場所で、そのような仕事に就いていたということをすっかり忘れ去っていた。これは僕という人間が以前ほど頻繁には肉を食べなくなっている、ということに起因しているのかも知れない。

話を戻そう。「TENDERLY」は今も僕の深奥において鈍い光を放ち続けている。その熱と炎は魂の奥底で今でも脈々と牛たちの肉を焼いているのだ。

　その特大のビーフステーキを売り物にした店には他にもいくつかの特徴があった。外観はシンプルなロッジ風の造りであり、天井は高く、窓はだだ広かった。テーブルの他にカウンターがあって、そこでは毎日コーヒーだけを飲みに来る土地の古老たちが競馬新聞を読んでいた。一応のステーキハウスらしい装飾は施されてはいるものの（バッファローの頭骨やインディアン・ジュエリー、ガンベルト等）、それらは著しくまとまりを欠いており、それを見る者に不可解な居心地の悪さを提供するだけのインテリアと化している。壁際には本棚があって、そこには大昔の写真週刊誌やコミック本の類が乱雑に詰め込まれていた。カウンターの奥にいまや懐かしいブラウン管テレビがあって、出窓を塞ぐように置かれたセピア・カラーの地球儀の隣ではサンヨーの小型扇風機がむなしく首を振り続けている、といった具合だった。いったい何がしたいのだろう？　と言わざるを得ない。そして、そのような空間を横切るようにして白煙を吹き上げる特大のビーフステーキが各テーブルへと運ばれていくことになるわけだ。僕は大抵は厨房の洗い場かカウンターにいた。その両者の間を伝書鳩よろしく往還するというのが、その店における僕の役割であった。カウンター専門のバーテンダーを雇ったら好いのに、とよくそんな風に考えていたような気がする。しかし結果としてはそれにより、ホールの喧騒も裏方の哀愁も同時に味わえるということになったのだ。

　営業時間は正午から、だいたい夜の十時頃までだった。この辺りも適当で、最後の客が帰るまでは律儀に営業を続けていた。たしか日付が変わってしまったこともある。ランチタイムというような気の利いたものはなく、昼と夜の間の休憩時間もなかった。その店は実にだらだらと営業を続けていた。週に一度の定休日はあったが（何曜日かは忘れた）、その際にもみんなで時間を決めて集まり、店中の掃除をするのが常だった。ほぼ毎日、というのはそういうことである。みんな文句も言わずによく働いていた。掃除が終わるとホールの椅子に腰かけて、音楽をかけながらコーラを回し飲みしたりしたものだ。そこにいると世界は平和で慈愛に満ちており、色々な物事が上手に巡って、その結果いま自分たちはこの場所にいるのだということが信じられるような気分になってくる。それに先立つ半年間の東京暮らしですっかり滅入ってしまっていた僕の心が、ここに来てようやく生来のしなやかな弾力を回復しつつあるのだという手応えがあった。

「ねえ、あんた。せっかくの休みなんだからさ。温泉にでも浸かってきたら？」と年長の従業員の一人が僕にそう言ってくれたのも、そのような団欒の最中のことであった。

「そりゃ好いね」と別の誰かも言った。「せっかくこの町に来たんだから、ただ働いているだけだなんて勿体ないよ」

その町自体には特に見所はなかったのだが、鉄道の駅でいえば、そこは比較的有名な温泉地からは最寄の町とされていた。僕は特に温泉というものに興味はなかったので、そう言った。

「好いねえ、若いっていうのはさ」などと最初に声をかけてくれた従業員の女性が目を細めるようにしながら僕を見て言った。「あたしなんてお湯に浸からないと、全然疲れが抜けないのよ」

「わかる」とまた別の誰かが言った。

「そこの温泉、お湯の質は案外好いわよ？　時々、猿が浸かりに来るくらいだから」

「猿？」と僕はその言葉に驚いて聞き返した。

みんなが僕を一斉に見た。

「そうよ、猿」と誰かが言った。「知らないの？」

「猿が温泉に浸かりに来るんですか？」と僕は訊いた。

「珍しいことじゃないさ。山の上の方にあるからね」

「そうなんですか？」

「うん。あんまり見ないようにしてやれば、こっちに危害を加えてくることもないんだ。お隣さんだと思って仲好く浸かっておれば、それで好いんだよ」

その話を聞いて以降、僕は絶対に何があっても温泉には行くまいと決意した。僕は猿と並んでお湯に浸かるためにここを訪れているのではないのだから、と。

やがて。それもお開きとなって、みんなは一人ずつ家路に着いていった。僕は何となく立ち去り難い気がしてぐずぐずとその場所に居残っていた。オーナーがそれに気がついて、声をかけてきてくれた。

「帰らないですから」と言って、僕は笑った。

「どうした？　帰らないのか」

「帰っても、やることないですから」と言って、僕は笑った。

「肉、持ってくか？」

「あ、はい。ありがとうございます」

「今日のは和牛だよ。霜降りだ」と言って、オーナーは笑った。

オーナーは五十がらみのがっしりとした体格の男で、主に仕入れと金銭面の管理を担っていた。店に居ないときの方が多かったが、掃除の際にはいつも必ず現れて従業員たちの愚痴に笑いながら耳を傾けていた。聞いた話では元々この店は彼の兄である歯科医師が副業で始めたものであるらしかった。ほんの数年前から店の権利とその商売をそっくり弟の手に引き継いだのだという。彼がオーナーになってからは売上も従業員たちの待遇もぐっと好くなったのだ、と古株の一名がそっと囁くように教えてくれた。お前さんも、好い時に現れたもんだね、と。

僕が最初にその貼紙を見つけてこの店の扉を押し開いた際には、彼は偶然にもレジの脇に立っていた。例によって、いらっしゃいませ、とは言われなかったが、代わりにこの男は僕に対して人懐こそうな笑みを送って寄越した。場末のステーキハウスのドア・マットの上に旅行鞄一つを手にして突っ立っている僕の姿はずいぶんと滑稽に映ったことだろう。いよいよ食い詰める寸前の野良猫を見かけた時のような憐れみを含んだまなざしでもって、彼はこちらを見つめていた。

「給料はあまり出してはやれないけれど、肉なら時々分けてやれるよ」と、それに引き続く形で始まった採用面接の終わり際に彼はそんな風に言った。

「あの、履歴書は？」と僕は言った。

彼は笑いながら首を振った。

「そんなものは要らない。実物を見りゃ判るからね」

「でも、一応」と言いかけた僕のことをオーナーは身振りだけで制した。そして言った。

「趣味や特技なんてことはおいおい知らせてくれたら好い。いまのわれわれにとって重要なことは、だ。君の手や口や頭がどうやら正常に働いておるらしい、ということだけさ」

「いつから雇っていただけますか？」と僕は訊いた。

「そうだな」と言って、彼はその時間帯にはがらんどうの有様であったホールの方へ目をやった。「今夜から来られるか？」

「はい」と僕は言った。

「好かった。団体さんの予約が入っているんだよ。何しろ人手が足りなくってね」

「何をすれば好いんですか？」

「まずは皿洗いかな」

「それなら出来る、と思います」と僕は肯いてそう言ったが、それを聞いた彼はプッと噴き出すように腰を折り曲げた。それから言った。

「そんなに気張る必要はないよ。それより君、来るもなにも今夜寝泊りするための場所はあるのか？」

「いま来たところですから」と僕は答えなければならなかった。

「仕方のない奴だな」と言って、彼は太い両腕を胸の前で組み合わせた。「ちょっと、そこで待っていてくれ？」

それから。オーナーが方々へ電話をかけて、とりあえずは即席の下宿先が決まった。知り合いだからという理由で面倒な手続きはなにもなく、格安で頭金も要らないということらしい。そこまでしてもらってこちらとしては恐縮しきりであった。

「部屋は古くて汚いらしいが、それでもかまわないか？」オーナーはひとしきり要点を伝えてくれた後で僕に向かってそう訊いてきた。

「まったく。なにも。問題ありません」と僕は言った。

いまから思えば、人手が足りない、と言ったオーナーの言葉が嘘であったことはよく解る。彼としては、彷徨える若い旅人を見過ごすことが出来なかった、というだけのことだ。実際仕事には事欠かなかったけれども、それだって営業時間を切り詰めて効率好く人員を配置してやれば済む問題であったはずだ。しかしながら彼は効率とは無縁の人であり、それでありながら売上の方は堅く維持していた。なかなかの才人だ。地元で歯科医院を継いだ兄とは正反対の自由人であり、若い時代には東京にいて、そこでも数件のバーを経営していたことがあると言っていた。このステーキハウスの経営は彼にとっては、生まれ育った地元に対する恩返しの意味合いも含まれていた。東京時代の伝手を頼って独自の仕入れルートを開拓し、元々は和牛専門だったこの店の商売に輸入牛肉を付け加えて特大のビーフステーキを手頃な価格で売るようになった。それによって地元の人々も家族で訪れるようになり、客足がぐっと増えたのだ。

「地元の人間は和牛なんて店では食わないんだ」とオーナーがあるとき教えてくれたことがある。「彼らはそのためのルートをちゃんと持っているからね。駅前で和牛のステーキを食うのはここを出張で訪れているサラリーマンくらいのもんなんだ。昔はそれでもまあ好かったのかも知れないが、近ごろでは地場産業が落ち込んで、そういう連中の数もめっきり減っているからね」

僕がそこで働いている間にも注文は圧倒的に輸入牛肉のステーキの方が多かった。和牛はまずめったに出なかった。たまに注文が入ると厨房全体におかしな間が出来るほどだった。いったい、どこのどいつが、一〇〇グラム当たり二五〇〇円もする牛肉を食べるのだろう？という感じで。

ステーキと共に売上の大半を担っていたのはビールだった。僕はその半年間のあいだに一人の人間が一回の人生で飲み干すのと同じかそれ以上の数のジョッキを準備したと思う。赤ワインよりもビールの方がよく売れた。それもまた時代のせいかも知れない。

厨房には三人の〝焼き手〟たちがいて、それぞれに熟練の勘と冴えがあった。ビーフステーキを意図した通りの焼き加減に焼き上げるというのは誰にでも出来ることではない。彼らは全員が常連客一人ひとりの焼き方の好みを把握し尽くしていた。そしていつも必ず、その通りに焼き上げていた。

「少しでも焼き方が気に入らなかった場合には一切れ食べた後で皿ごと厨房に返って来るんだよ」と焼き手の一人はそう言って肩を竦めた。「人の数だけ、拘り、があるんだ。田舎の人間の方が都会の人間よりもずっと、その拘りが強い。覚えておくと好いぜ」

それを聞いて、田舎で商売をするのも大変なのだなと思ったことを憶えている。都会の方が人の流れが激しいぶん、ある面では気楽なのだ、と。


焼き手のうちの一人は女性だった。このことは当時の僕には少し意外だった。ステーキハウスの厨房にコック帽をかぶった女性がいて、刻々と色を変えていく牛肉の表面を深刻な腫瘍の陰を認めた際のレントゲン医師のような目つきで見守っている、というのは。

その当時。彼女はまだ二三歳だったはずだ。今から思えばずいぶんと若いのだが、僕の瞳には彼女はもっとうんと大人の女性であるように映っていた。地元の人間で、一八の頃からここで肉を焼いているのだと言っていた。

「オーナーに頼み込んで、やっと働かせてもらえることになったのよ」と彼女はあるとき店の裏手で笑いながら僕に言った。「どういう訳だか、他の選択肢はまったく頭に浮かばなかったのよ。高校を出たら、ここでひたすらお肉を焼きたい、ということだけ」

「東京へ出たいとは思わなかったんですか？」と僕は訊いた。

「全然」と彼女は心底不思議そうに僕の顔を見つめながら呟くようにそう言った。

彼女にそんな風に見つめられて、僕の胸はにわかに高まっていた。内面の動揺を悟られまいとして僕は矢継ぎ早に言葉を投げつけた。

「だって、まだ若いんだし」

「そういえばオーナーにも言われたわね、そんなようなこと」

「でしょ？」

彼女は唇の端からぶら下げるように咥えていたセブンスターの火を手にしていた灰皿の上で揉み消しながら首を振った。そして言った。

「そういう子たちもいたけどさ。私にはそんな気、はじめから一ミリもなかったのよ。ここで生まれて、ここで育って、なんで他所の土地に出ていかなきゃなんないわけ？　そういうのが当たり前のコースだとでも言いたいの？　私に言わせりゃ、そんなの馬鹿のすることよ。自分で自分の身を危険に晒すようなものじゃない。たとえばあんた、将来宇宙に行ってみたいと思う？」

「宇宙?」と僕は驚いて言った。

「そう、宇宙旅行。宇宙服を着込んで、ロケットに乗って、そこへ飛んで行くわけよ」

そう言って、彼女は頭上の空を仰ぎ見るようにした。空はよく晴れていた。彼女はもう二本目のタバコに火を点けていて、光の中を紫煙がゆらゆらとレースのように舞っていた。

「行ってみたい、ですけど」と僕は曖昧に答えていた。

僕がそう言うと、彼女はさもありなんという風に大袈裟に肯いてみせた。そして言った。

「そういう奴らが、東京へ行くのよ」

「東京と宇宙はまったく違いますよ!」と僕は素っ頓狂な叫びにも似た声を上げた。

「私からしてみれば同じことなのよ」と彼女は落ち着いた声で言った。「だいたい東京へ行って何をしろってのよ? 私にみたいに不器量に生まれ着いてりゃ、早々に夢なんて見なくなんのよ。でもそれって早いか遅いかの違いだけじゃない? あんただってそれで、こんなところへ流れ着いているわけでしょう?」

そう言われてしまうと僕には返す言葉もなかった。

僕が黙り込んでいると、彼女は少し慌てたように言葉をかけてきた。

「ごめん、ごめん。苛めるつもりで言ったんじゃないのよ?」

「わかっています」

「でもね。こう見えて、私は今、とても幸せなのよ。成りたかったものに成れて。そりゃ、人から見たら、女の子がこんなところで朝から晩まで肉を焼いてりゃ不幸に見えるのかも知れないけどさ。私にはこれしかできることはないのよ。だから一生懸命にそれをやる。私だって最初は皿洗いから始めたのよ。今のあんたと同じように。そこから修行して、腕前を認められて、やっとこの帽子を貰えたんだから」

そう言った際の彼女の笑顔は本当に嬉しそうだった。僕は彼女が不器量だとは思わなかったので、遅ればせながらそう言った。

「なに、それ？」と言って、彼女は今度は怪訝そうに笑った。

その顔を眺めながら、彼女が魅力的に見えるのは、この人がこの場所で、自分が本当にやるべきことに打ち込んでいるからなのだということに僕は気がついた。

「あんた、将来なにかやりたいことはないの？」と話題を逸らすように彼女は僕に訊いた。

「まだ、なにも」と僕は答えた。

「そっか」と言って、彼女は二本目のタバコもたっぷり灰に変えた後で火を消した。「でもいつまでも、ここに居るわけじゃないんでしょ？」

「オーナーから聞いたんですか？」

「大凡の事情くらいはね」と彼女は素っ気なく答えた。「でも聞かなくたって判るわよ。あんたがいつまでも、こんなところにいる人じゃないってことくらいは、さ」

「辞めちまおうかな、大学」と僕は呟いていた。自分が心底情けなく思えたのだ。この時には。

「だめよ」と冷徹な声で彼女は告げた。

僕は意表を突かれて振り向いた。

彼女の瞳が僕を鋭く射抜いていた。

彼女は言った。

「半年経ったら東京へ戻って、もう一度ちゃんと大学へ通い直しなさい」

「さっきと言っていることが違うじゃないですか？」と僕は冗談めかして明るく言ったのだが、彼女はそれには釣られなかった。

「あんたにはこの土地で生きていくことは無理だと言っているのよ、私は」

「どうして？」

「そんなに甘いもんじゃないからよ」

「僕にだって肉くらい焼けますよ」

売り言葉に買い言葉だったが、言ってしまってすぐに後悔した。でも、もう遅い。一度口にした言葉は取り消せはしない。

彼女はしばらくの間呆れたように僕を見ていた。それから踵を返して歩きだすと、裏口のドアを開けて、厨房の中へ消えてしまった。

その夜の間じゅう。彼女は僕とは一言も口を利いてくれなかった。いつもは歳が近いということもあって軽口を叩き合う間柄だったのが、この晩は能面のような無表情と無言のままで通された。いよいよ営業時間が終わり、ロッカーで着替えを済ませた後でホールを横切ると、厨房の方から声が聞こえた。立ち止まって振り向くと、アーチ状にくり貫かれたスイング式の仕切り戸の向こうにまだコック帽を被ったままの彼女が立っていて、煙をくゆらせながらこっちを見えていた。

「ちょっと！　こっちへ来てちょうだい」

他のメンバーはすでに全員が帰宅した後だった。店の中にいたのは僕と彼女だけだ。僕は言われるままに厨房へ引き返し、彼女の前に立った。

「なんですか？」

「あんたに肉を焼いてあげる」

「これから？」

「そう、これから」

時間はもう午前零時を回っていたと思う。

「真夜中にステーキですか？」

「若いんだから平気でしょ？」

それから。彼女は僕のためだけに一枚のビーフステーキを焼いてくれた。丹念に、じっくりと時間をかけて。僕はそれまでのところ、この店のメニューに口をつけたことはなかった。

まかないは食べたし、余った肉を貰って下宿先で焼いて食べたことはあったが、焼き手の手による売り物のステーキを食べたのは、このときが初めてのことだった。

そのビーフステーキは僕がそれまでに食べてきたどのステーキとも違う味がした。同じ肉なのに焼き方一つでこんなにも味が変わるのだ、ということの不思議さに胸を打たれた。

彼女は目の前で無心に肉を食べている僕の様子をじっと見下ろしていた。

僕は顔を上げて彼女に言った。

「旨いです」

「仕事というのはそういうものなのよ」と彼女はにこりともせずに言った。

「どうしたらこんなに美味しく焼けるんですか?」と馬鹿正直に僕は聞いてしまっていた。

彼女はそれを聞いて可笑しそうに腰を折った。ふふふ、と。そんな風に彼女が笑ってくれて、ほっとしたことを憶えている。

「私にはお肉の中身が透視できるのよ」と彼女は言った。「炎の上にある牛肉の表面を眺めているだけでね。その中身がどうなっているのかが観えるの。それが私の才能でもある。今では職能と言った方が好いかしら」

「本当ですか?」と僕は聞き返した。

「もちろん本当に観えるわけじゃないのよ?　想像力を駆使して、頭の中に像を結ぶのよ。そうすると観えてくるの」

「そら恐ろしいですね？」

「そうかしら？」と彼女は言った。それからやっと、頭の上から彼女の白いコック帽を降ろすと、ピンで留めていた髪を解いて片手でぐしゃぐしゃと頭を掻き混ぜるようにした。

「昼間はごめんね。ちょっと大人げなかったわ」

「気にしていません」と僕は言った。

「食べたら、それ。片付けちゃってね？」と言って、彼女はもうロッカー室のある方へ歩きだしていた。ウェーブのかかった茶色い髪が肩の上で心地好さそうに跳ねていた。

「はい」

「戸締りは私がするから済んだら帰って好いわよ？」

「ありがとうございます」と僕は言った。それから思いついて「ご馳走さまでした！」と付け加えた。

僕は世の中には適当で好い仕事は一つもない、という風に基本的には考えている。どのような仕事であれ、そこに賭けられた集中と熱意は最終的には質の違いとなって表れてくるものである、と。しかしながら、その質の違いには目に見えないものも多い。そういったものたちが特に昨今では軽んじられているという風にも感じる。人々はより目に見える、例えばスピードやコスト・パフォーマンスといった指標の方に目を奪われがちである。そこではそのようなわずかばかりの質的な差異はあまり問題にはならないのだ。都市部においてはその傾向がより顕著であり、そのような価値観がインターネット回線を通じて地方へと逆輸入的に拡散している。

もちろん。これはすべて僕の個人的な考え方である。個人的な価値観と言った方が好いかも知れない。そして、僕がこのように物を考えるきっかけになってくれたのが、その晩の、彼女が僕のために焼いてくれた一枚のビーフステーキだった。長い歳月を潜り抜けて、ようやく僕にも、あの時に彼女が口にした言葉の意味が理解できるようになったのだ。

厨房が暇な時には、彼女はそこにある丸椅子の上に腰かけて本を読んでいた。眉根を寄せながら熱心に文庫本を読み漁っているコック帽を被った若い女の姿は、いつでもそれを見る者たちに奇妙で場違いな印象を与えた。彼女が読んでいるのはいつも大抵はＳＦ小説であり、特にお気に入りの作家はいないとのことだった。

「ステーキと小説」と僕はそんな彼女の姿を見かけると、決まってそう声をかけることにしていた。最初になにかでふと、それを口にした際に、このフレーズがことのほかウケたからである。

「好いじゃん？　それ」と彼女は弾かれたように言った。「なんか、笑える」

以来。僕はその言葉を彼女の心の扉を開くための秘密の呪文であるかのようにくり返し唱えることになったのだ。「開け、ゴマ！」の代用品として「ステーキと小説」は、あくまでも彼女に対してのみ有効に機能し続けてくれた。

「それ、紙にでも書いておいた方が好いわよ？　あんたの最初のヒットだから！」

実をいえば。ステーキハウス「ＴＥＮＤＥＲＬＹ」には前述したコミック塗れの本棚の他にも、もう一つ古めかしい本棚があった。それは廊下の角の目立たない場所にツリー・ラックと並ぶようにして置いてあった。ひとたび店が混み合ってきて、そこに人々の上着やコート等が順々にぶら下がりだすと、本棚はその陰にすっぽりと覆われてしまった。しかし問題はそこにではなくて、その本棚の上にずらりと並んでいる本の方にこそあった。それらはなんと「世界文学全集」だったからである。

どこの世界に「世界文学全集」一式を取り揃えたステーキハウスがあるだろう？　この店の内観における取り留めのなさを決定的なものにしているのが、この本棚の存在であるということに、僕はある日とうとう気がついた。だから閉店後にレジにいたオーナーを捕まえて、思い切ってそう言ってみたのだ。

「あれは兄貴のものだからな……」と言って、オーナーは先に続く言葉を濁した。

「邪魔だし、陰気だし、誰も手に取っているのを見たことがないし、撤去した方が好いと思いますよ？」と僕は言った。

それは事実、その通りだった。そこに居並んでいる古の巨人たちによる文学作品は、どのような観点から見ても、ビーフステーキを食べるのにふさわしい伴走者であるようには思われなかったし、それはここを訪れる誰にとってみても同じことだった。

「けっこう値の張るものなんだよ？」とオーナーは言った。

「でも不用ですよ」と僕は訴えた。

「そうかな？」

「なんというか、致命傷です」

　僕がこの本棚の一件についてのみ、ここまで強弁になったのには、大学の文学部内において味わった手酷い洗礼が関係している。もちろん文学それ自体には罪はない。しかしながらそれにまつわる権威の横暴というものに僕は心の底から辟易としていた。その結果文学を憎みさえするようになっていた。

「兄貴は昔からこれと決めたらそこを動かないタイプの人間なんだよな」とオーナーは話の先を続けた。「音楽はクラシックしか聴かないし、本は一級の文学作品しか読まないんだ。B級や三流にだってそこにしかない味があるんだと俺が幾ら言っても、そんなものには耳を貸そうともしないんだ。でも兄貴には兄貴なりの筋の通し方というものがあるし、その筋はちゃんと通して生きている。この店にあの本棚を持ち込むと決めたのも兄貴なんだよ」

「でも今はオーナーの店なんですよね？」と僕は言った。「お兄さんではなく」

「それはそうだけどさ」とオーナーは苦笑いを浮かべて言った。「俺はこの店のなにもかもを自分流に塗り直したいとは思わなかったんだよ。この店に関しては、特に。兄貴の時代の遺産も引き継いで俺なりにちょこっと手を加えてやれば、それがこの店にしかない個性になるかもな、と思ったんだ」

　その話を聞いて妙に腑に落ちてしまった。この店の無秩序さ、統一感のなさの正体がわかった気がしたからだ。要するにこの店は、前時代のフォーマルな装いをある程度まで残しながら、その上に新時代の被せ物をしただけの二重構造の店なのだ、と思った。それがピントの合わない不気味なズレを生んでいて、奇妙でありながらも不思議と寛げる、他にはないステーキハウスとしての佇まいをかくも自在にあらしめているものの内実だ。そう言われてしまえばこの本棚も、そこにある意味はあるのかも知れなかった。たとえこの先何十年間にも渡って、誰一人その本を手に取ることがなかったとしてもだ。

「俺はクラシックは眠くなるから音楽だけは自分の趣味に変えさせてもらった」とオーナーは言っていた。「でも、その本棚は退かさないって決めたんだ。目安として」

「目安？」と僕は訊いた。

「自分に対する戒めかもな？」とオーナーは売上ボックスの中に札束を仕舞いながら皮肉めいた笑みを浮かべて言った。

　言っている意味が解らずに僕は沈黙してしまった。その際には件の本棚に対するお門違いの敵意はからりと霧散していた。

「要するに」と彼はボックスを抱えてオーナー室の方へ歩きかけながら暗がりの向こうに仄見える本棚の方へ視線を投げた。そして言った。

「あいつらよりもずっと分厚いビーフステーキを出してやれ、ってことさ。お疲れ！」

僕がその店にいた時代にホールに流れていたのは主にジャズだった。それも五十年代から六十年代前半にかけてのモダン・ジャズと呼ばれている種類の音楽だ。ビ・バップからハード・バップへと軸足が切り変わっていく過程のまさしく黄金時代のジャズの音色が、ホール全体を霧雨のごとく支配していた。サヴォイ、ルースト、ブルー・ノート、リバー・サイド、プレスティッジといった名門レーベルの煌くような名盤たちが次から次へとかかっていた。ちょっとしたジャズ喫茶にも劣らない構成だ。もちろん。これを賄っていたのもオーナー、その人であった。彼は店にいる時にはわざわざ配線を組み換えてまでオーナー室にある真空管アンプに接続し、車に積んできた大量のレコードを順番にかけていた。仕事をしに来ているというよりは音楽を聴きに来ていると言った方が実態にはより近い。レコード・プレイヤーはレジの真裏にあって、彼が居ない時にそれに触れることが許されているのは最古参の一名のみであった。

僕がこんな風にそれを言い当てることができるようになったのは、そこを去ってからずいぶんと月日が経った後のことである。その時代にはそれが誰のなんという音楽であるのか、これのどこがどう素晴らしいのかを問うことさえもできなかった。そんな余裕はなかったということもある。ガチャガチャとただ小うるさいだけの騒音のように聴こえることさえあった、と思う。

オーナーが僕に教えてくれたのはマイルズ・デイヴィスの「ＫＩＮＤ　ＯＦ　ＢＬＵＥ」がジャズ史上における大名盤である、という極めて当たり障りのない既成事実のみであったと記憶している。今のこいつにはなにを言ったところで無駄だと思われたのだろう。人は多少なりとも見込みのあるジャズ入門者に対して、わざわざ「ＫＩＮＤ　ＯＦ　ＢＬＵＥ」を奨めたりはしないものだからだ（それは洋楽初心者に対してザ・ビートルズの「サージェント・ペパー・ロンリー・ハーツ・クラブ・バンド」を奨めるようなものだ、と僕は思う）。事実、当時の僕はそのイカついジャケットに気圧されただけで、中身に含まれていたはずの濃密な音楽世界にはかすることさえもできなかった。

三十歳を少し過ぎた頃。ふと、ジャズが聴きたくなってジャズ喫茶を探したのだが、東京にはもはやそのような喫茶店はごくわずかだった。ＣＤでチャーリー・パーカーを聴いて、やっと耳が開いた。そこからはレコードを買い漁ったが、この時には不思議と「ＴＥＮＤＥＲＬＹ」のことは思い出さなかった。僕がそこを思い出すことになるのは、それからさらに十年以上が過ぎ去った後のことなのだ。

ある日。僕はそれまでのところは敬して遠ざけていた感のある「ＫＩＮＤ　ＯＦ　ＢＬＵＥ」を三軒茶屋にあったレコード店の棚の上で見かけた。いつもであれば素通りするところなのだが、この時には取り上げて、もはや見慣れた感さえある、そのジャケットをまじまじと眺めた。そしておよそ数秒後には、どういう思考の流れを経たものか定かではない理由によって、それをレジまで運んで行くことになったのだ。いよいよ観念した、という感じで。

それから家へ帰って、レコード盤を回し、そこに含まれている音色と旋律にじっくりと耳を澄ませている時に、なぜだか突然「ＴＥＮＤＥＲＬＹ」のことを思い出した。その田舎町の小さな駅前にある愛すべきステーキハウスのことを。

かつてはそこに流れていた大量の音楽の群が、まるで亡霊のように僕の耳に襲いかかってきたのも、その時だ。僕はあの店の記憶をなぞるようにして、いまこの部屋の中にある大量の中古レコードを拾い集めてきたのだと悟った。僕は本当はもう、それを聴いていたのだ。いまから何十年も前に、そこで。

「この店の経営理念って、なんですか？」

いよいよ。そこを去ることになった時、僕はオーナーに訊いた。なぜ、そんなことが知りたかったのか、自分でもよくわからない。ただなんとなく、ほとんどでまかせにも近いような感じで、そのせりふは気がつくと僕の口からステーキハウスの油塗れの床の上に零れ落ちていた。

「あれ、お前。経営学部だったたっけ？」とオーナーは不思議そうに聞き返してきた。

「文学部です」と僕は答えた。「休学中ですが」

オーナーは例によって人懐こい笑みを浮かべながら、しばらくの間僕の質問の真意を量りかねているように見えた。

でも、やがて。得心したように彼は重々しく口を開いて、やや恥ずかしげに目を逸らしながら、こう言った。

「やさしさ、かな？」


その町で過ごした最後の一週間の話をする。

僕はオーナーの好意によって職を解かれ、無名の観光客へと出戻って、案外ぶらぶらと気ままにそこを歩きまわっていたのだ。前述した喫茶店や中古レコード販売店へはその際に初めて立ち寄った。それまでの僕はステーキハウスに新しく雇われたらしい身元不明の若者として、町内では知られていたらしい（ある人がそれをこっそりと耳打ちしてくれた）。人々は概ね僕には好意的だったのだが、こちらが間もなくそこからは立ち去る人間であるということもまた、ちゃんと心得ていたような気がする。たったの半年間そこにいただけなのに、もうこの町の古参であるかのような振る舞いを覚えていた僕にとっては、これは少なからぬショックだった。日々は確実に移ろっていき、永遠にそこに留まり続けられるものはなにもない。そう思うと下宿先にも、その町自体にもいることが辛くなってしまい、僕はある日とうとう、そこからは抜け出して、ある場所を目指すということになった。

温泉、だ。僕はそこへ行くことに本能的に怯えていたような気がする。なんといっても、そこには猿がいる。そしてわれわれ人間と肩を並べて、温かいお湯に浸かりながら日々の疲れを癒している。そんな光景に自らが耐えられるわけがない。そう思い込んでいた。しかしそのような思いとは裏腹に、何者かに導かれるようにして、僕の足はいまやそこを目指して進んでいた。

温泉街には特にこれといった見所はなかった。シーズン・オフということもあってか人の数も少なく、通りは閑散としていてシャッターが降りている店舗も多かった。営業中の安宿を探して部屋に荷物を置き（日当たりの悪い六畳間だった）、着替えを持って、すぐに湯治場へと向かった。脱衣所で服を脱ぎ、恐る恐る戸を引いて奥を覗いてみると、岩風呂の中は空っぽであり、洗い場にも人はいなかった。ホッとして中へ入り、身体を洗って深緑色をした湯の中にゆっくりと身を沈めた。体中がぽかぽかと心地好く痺れ、この半年間の疲れが皮膚を通して湯の中へ溶け出していくような快感を覚えた。僕は自分で思っていたよりもずっと疲れていたらしかった。しばらくそうして湯の底へ身を浸しながら、この半年間に起きためくるめくような日々の記憶を手繰り寄せていた。そもそもの発端は父が電話で気まぐれに口にした、この場所の地名だった。そこから色々なことが始まって、いまでは僕は山奥の湯治場で地元の温泉に浸かりながら草臥れた身体を洗い清めている。お湯から上がったら電話をかけて、一言くらいは礼を言わなきゃなと思った。

その晩は窓辺の籐椅子の上に寝そべって、天空へ向けてどこまでも高く跳ね上がっていく薄い月の光を眺め続けていた。僕はこの先どうやって生きていくんだろうと思った。そしてその結果、どういった大人になるんだろう、と。明け方まで考えても答えはどこにも転がってはいなかった。当然だ。その時の僕の頭はまさしく空っぽの状態であり、その奥底には未だ見ぬ地平における際限なき可能性のみが秘められていた。

東京へと舞い戻ったのは三月の終わりのことだった。東京駅へ降り立つと、そこにあるはずの景色は一変していた。少なくとも僕の瞳には、そこはそのように映った。地球とよく似た異なる惑星の上に不時着してしまったような気がした。でもしかし、ここそが、いまの僕の現在地なのだと思った。僕はここから、どこへだって行けるのだ、と。

行き先を決めてバスがやって来るのを待つ間に公衆電話から父に電話をかけた。

「もしもし？」と僕は言った。

「よおっ」という父の朗らかな声が返ってきた。「元気か？」

「うん」

「少しは持ち直したらしいな？」

「たぶんね」

「遠まわりしちまったな？」

「好い経験にはなったよ」と言って、僕は笑った。「こき使われたけどね」

「痩せたか？」と父は訊いた。

「頬は削げたけど、体重は減ってない」と僕は答えた。

「肉を食えよ?」と言って、父も笑った。「それから、」

「それから?」

「それから。しばらく、あの土地には近づくな」

「どうして?」

「放浪って、そういうものだからさ」と父は言った。「度を越すと燃え尽きちまうんだ」

「わかった」

「ここからは独りで行けるところまで行ってみろ? で、力が尽きたら返って来い。面倒を看てやるから」

「そうする」

受話器を置いてボックスの外へ出ると、春先の冷たい風が頬をなでた。ふと、軽い目眩を覚えて、それから突然はっきりと自分がたったいま、過去と未来の狭間に立っているのだということを理解した。なるほど、と思った。僕にはあそこまで引き返すことだってできるのだ、と。今ならばまだ。これまでは思いもよらなかった展望に気がついて、胸の奥がにわかに締めつけられるように熱く焦げるのがわかった。

どれくらいの時間、そこにそうして立っていたのか、わからない。気がつくと熱も傷みも過ぎ去っていて、僕はふたたびがらんどうのホームの上に立っていた。あらゆるものたちが光を浴びて銀色に輝いて観えた。まるでこの世界全体が僕を乗せて飛んでいくロケットになったみたいだった。ねえ、宇宙に行ってみたいと思う？　という誰かの懐かしい声が聴こえた。ちょうどその時に一台のバスが、ビルの陰から角を曲がって、ターミナルの入口へと走り込んできた。

あのときに心に触れた炎は魂の淵でいまもなお燃え盛り、ちりちりと焦がすように我と我が身を焼き続けている。一度点いた火は簡単には消えはしない。死ぬまで消えないことだってあるだろう。しかし歳を重ねれば、それとも上手く付き合えるようにはなってくる。僕はもう大人といっても差し支えのない年齢だけれど、魂の上ではまだまだ未熟者だという気もしている。彼らに較べれば僕はまだ全然やさしくはなれていないからだ。僕はいまもって、やさしい人間では決してない。やさしくあろうとするのが、精々だ。

＊

その後。僕は無事に大学へと復学することができた。新学期が始まって早々に僕は学長室へ呼び出され、そこで前年度に僕を散々に打ち砕いた担当の指導教員が、ある不祥事、をきっかけに依願退職した旨を知らされた。このような場合に交わされる斯く斯く然々の取り決めがなされ、その結果僕はすでに失われたと思い込んでいたものたちの大部分を回復したばかりか、それ以上の恩恵を被るということにもなった。そして、どういう訳だか、その後の三年間できっちりと卒業まで漕ぎ着けることになった。

それは、それで、あまり気持ちの好い結末とは言えなかった。ほっとした、というだけのことだ。苦い記憶には違いないのだが、それらは全てその時の僕にとっては（そしていま現在の僕にとっても）どうでも好いことでしかなかった。

最後に。とあるステーキハウスのオーナーの言葉を引用して、このささやかな後日談を締め括りたいと思う。

何事も額面通りに手に入れる必要はないのだ、とあるとき彼は僕に言った。

「……ここの連中が地元の牛肉を信じられないほど安い価格で手に入れているのと同じように、都会でもそれができるルートは必ずある。秘密の水脈とでもいうのかな？　目をちゃんと見開いて、耳を澄ませてさえいれば、そういうものたちの存在が観えてくる。そういう匂いを嗅ぎ分けられる人間は、どこにいても豊かな人生を歩むことができるんだ。逆は悲惨だが、ね」

最後の不思議な惑星

Smoky Fiction

これは聞いた話だ。

僕にこの話をしてくれたのは郊外にある工場で働いていた一人の女性である。われわれはこの工場の敷地内に設けられていた喫煙コーナーである日お知り合いになった。僕はその一時期にだけは、この工場内に突発的に移設された作業場へと通う羽目になっていた。勝手の知らない工場内における仕事はあまり愉快とは言えなかった。系列会社とはいえ同部署の人間以外とは顔も知らない間柄であった訳だし、向こうも突如現れたわれわれのことを侵略してきた宇宙人を見るような目つきで眺めていたものである。食堂や送迎バスや給湯室などで始終そんな視線に出くわすことになる。われわれはなにも好きでこんな所へまで通って来ている訳ではないのだから、これはもう、たまったものではない。もともと僕らの職場は五反田にあって、そこでは比較的自由に働けていたものだから、ここでの時間は余計に窮屈に感じられた。やっていることは同じなのだが、どうにも空気が薄い感じがするのだ。午後三時を回ると運動部の連中が階上に設けられている体育館の中で練習を開始するので、天井から埃がぱらぱらと降ってきた。われわれがそこにいるのはその一冬の間だけだと聞かされていたものだから（この手の話の常として実際にはもう少し伸びたのだが）、そこに適応するために諸々の投資をすることも馬鹿げている。なにより、そういう気力が湧いてこない。自転車を買った同僚もいたけれど、結局は彼も最後には送迎バス組に戻ってくることになったのだ。

そういった具合で。われわれはこの工場内では爪弾き者たちとして肩身も狭く働いていた。みんなで、早く東京に戻りたいね、などと言い合い、今朝は通勤中の電車の車窓から富士山がきれいに見通せたよ。東京ではこうはいかないよね、などと言っては、くすんだ心を慰めていたのである。

しかしながら。内心では僕は少しずつこの工場が好きになっていった。通勤時間が掛かってしまうのはまあ仕方ないにせよ、工場で働いた経験があまりなかったので、あらためて学校に通い直しているような気分になれて、そこが好きだった。避難訓練があったり、みんなで遠足に行ったなどという話を聞くと、世の中にはそんな風に牧歌的な職場もあるのかと寛いだ気分になれたのだ。ちなみに遠足の習慣は僕らがそこにいた時代には既に消滅してしまっていた。さすがにもうそういう時代じゃないからね、とその人は僕に教えてくれた。その際にもわれわれは喫煙コーナーに佇んで、頭上に広がる冬空を仰ぎながら、せっせと煙を吐き出していたのだ。

「昔はさ。この工場の人間全員が仲間みたいな雰囲気があってね。部活も色々あったし、それに参加していなくても、みんな誰が誰だか、わかってた。春にはそこでお花見をしたり、休みの日にバスを貸し切って遠足に行ったりもしたのよ？」

「遠足ですか？」と僕は言った。仕事で遠足とは、と。

「さすがにもうそういう時代じゃないからね。遠足はなくなったし、お花見も古株がちょこっと集まるだけになっちゃったけどさ」

「好い職場だったんですね？」と僕は言った。

「昔はね」

それだけ話すと、僕らはまた散り散りに工場内の別のラインへと吸い込まれていくことになった。休憩時間は短いので僕の持ち場からだと走ってきても二本吸うのが精一杯なのである。まったく、たまったものではない。同僚たちはこれを潮にタバコやめたら、などと無責任な言葉を投げつけてきた。そうしたらここに来た意味も一つくらいはあったことになるじゃない、と。僕にはそんなつもりは毛頭なかったので、そう言ってやった。吸わなきゃやっていられないよ、と僕は言った。それに喫煙所に顔を出せば、そこで他の部署の連中と知り合えることだってあるだろ？　すると少しはあれこれと融通が利くようにもなってくる。そういった目的のために僕はわざわざ君たちの分までタバコを灰に変えているんだ。この身を削ってまでね。

同僚たちはそれで呆れて、もう何も言わなくなった。僕はその冬の間じゅう青空喫煙コーナーへと通い詰め、そこで前述した彼女と知り合って、その口からこの話を聞かされることになったのだ。彼女はその当時で四〇歳を少し回っていたと思う。正確に歳を訊ねたわけではないので、この辺りは憶測の域を出ないのだが、その工場に勤めて二十年以上になるという話は聞いたから、それ以上若いということはないだろう。僕らは、はじめから妙にウマが合った。たまにそういう人がいる。出会った瞬間に年齢も性別も越えて仲良くなれそうだという予感のする人が。その限られた時間の中で僕らが出会うたびに話し込むようになるまでには、さほどの時を要さなかったはずだ。途中からはだんだん彼女の話の続きを聞くためにそこに足を向け始めていた。タバコは一つの口実に過ぎない。昼休憩の際には時間に余裕もあるので、より多く話を聞くこともできた。これは僕には有り難いことだった。細切れの断片を差し出されるよりは、ずっと。

僕はその一冬の間に彼女から幾つかの印象的なエピソードを受け取ることになった。大前提として彼女は話をすることが好きであり、またそれが抜群に上手かった。語り口のイキが好いのだ。受け取った幾つかのエピソードは、それが彼女の口から語られたのでなければ、それほどの輝きを放ったとは思えない代物だった。しかし別の幾つかは話の内容自体に意味が含まれていたので、それを僕が語り直したとしても十分に読み応えのあるものにはなるだろう。僕はそう考えている。もし仮につまらなかったとしても、それは僕の責任であって、彼女の話が面白くなかったわけでは決してない。その点を、はじめにお断りしておく。

「昔むかし。あるところに、とても小さな工場があったのよ」と彼女は言った。そういう言い方をする人だった。こちらをおちょくるところから始めて、徐々に核心に近づいていくのだ。

「この工場のことですね？」と僕は言った。僕は話を聞くのが上手いのだ。昔から。話をするよりも、ずっと。

「どこかの工場よ」と彼女は言った。「どこか。最後の不思議な惑星、って感じの星の上にある工場よ」

「ラスト・ワンダー・プラネット」と僕は言った。

「そゆこと」

「で？」

「その工場にある日、一人の男が不時着するわけよ。彼が操縦していた宇宙船が故障してしまって、宇宙空間で難破して、それで最後の不思議な惑星まで命からがら辿り着き、不時着する。その惑星にはビール工場があって、彼はその敷地内に壊れた宇宙船をどうにかこうにか着陸させて、そのまま工場長の部屋に行って、斯く斯く然々で、しばらくの間故障した宇宙船をおたくの中庭に置かせてくれないか、と頼み込むの。するとわれらが工場長はとても好い人で、好きなだけいてくれてかまわない、と彼に言うわけ。それで感動した彼はそのビール工場で昼間は働きながら、残りの時間で壊れた宇宙船を修理することにするの」

「なるほど」と僕は言った。

「で、その工場には若い女の子たちも当時はまだたくさん働いていたものだから、たちまちこの宇宙人の彼に大勢の花嫁候補が出来上がるというわけなのよ」

「ハンサムだったんですか？」と僕は訊いた。「その宇宙人は」

「けっこうね」と言って、彼女は笑った。「でも、そういうのはあまり問題じゃないのよ。そういうカントリー娘たちにとってみれば。その人が別の世界から飛び込んできた存在だということが重要な点なのよ。この機会を逃したら、こういう別世界の男とはもう二度と出会えないかも知れないと思ってしまうものなの。そういう娘たちは。それで、その人が自分のことをここではない、自分がまだ知らない、想像したことさえもなかった世界へとさらって行ってくれるかも知れない。そういう甘い夢をつい、見てしまう。田舎の景色ってどれもこれも似たようなものだから、毎日そこにいるとげんなりするのよね。一生ここから出られないかも知れないと思うと恐怖で身が竦むのよ」

「いつか王子様が、ということですね？」

「まさにね」と彼女は嬉しそうに肯いて言った。「その彼が王子様だったのよ。その時代の彼女たちにとってみれば」

「それで誰が選ばれたんですか？　その王子様に」

「私よ」と彼女は言った。「知らない惑星の上にいる、もう一人の私ってことにしておこうかしらね」

「どういう意味ですか？」と僕は訊かなければならなかった。本当は話の腰を折りたくはなかったのだが、それでは付いていけなくなる可能性がある。

「今のあんたたちみたいに、当時も東京から時々おかしな連中が紛れ込んで来たものなのよ。ここは、そういう工場なの」

「つまり。今の話はこの工場の話であって、ラスト・ワンダー・プラネットの話ではないんですね？」

「あなたさ。そんな風にすべてを明らかにして、なにが楽しいの？」と彼女は憤慨したように僕の瞳を覗き込みながら言った。「私はこう見えて、今じゃ結婚もして娘も二人いる身の上なのよ？」

「すみません」と僕は思わず謝った。

「だから。架空の話をしているのよ？　今、私は」

「そうでした」

「ったく。警察の取調べじゃないんだから、」と彼女はまだぶつくさと不平を垂れていた。

僕は言った。

「話を続けて下さい」

それで。彼女は再び彼女の若き日の王子様の話をし始めたのだが、少々長い上に混み入った筋立てでもあるので、この先は僕が要約させてもらうことにする。

つまり。こういうことだ。

ある日。その男は仕事中に体調を崩して病院へ運ばれることになった。そのときに彼のことを車で病院まで運んでいったのが、たまたま彼女だったのだ。その男は本当に具合が悪そうだったので彼女は心配した。無事に病院まで車を運転していって、受付で必要な事務手続きを済ませ、そこまでした後で工場長に電話をかけると、今日はもう仕事へは戻らなくて好いからそこでしばらく彼に付き添ってやってくれと言われたのだ。ラッキー、と彼女は思った。実は彼女はその彼のことが好きでもなんでもなかったのだが、この一件を境にして二人の男女は急激にその距離を縮めるということにもなった。彼がその腹膜炎から回復して再び工場内に顔を見せるようになると、二人は自然と会話する機会も増えていった。あの時は有り難う、から始まって、お礼に今度食事でも？　まではごくごく自然な流れだったのだ。

彼女はこの男の都会的な身のこなし振りが当初はあまり好きにはなれなかった。気取った奴だわ、と内心では馬鹿にさえしていたのだ。でも彼は工場内の年頃の娘たちからはちやほやとされていのだし、彼女もその年頃の娘たちの中の一名には違いなかった。一回ぐらいはお食事に付き合ってやろうかしら、と軽い気持ちで彼の申し出を受けることにしたのだ。

その後も彼の方では彼女を見かけると率先して声を掛けてくるようになったので、いつしか二人の男女は工場内においては公認の恋人同士であるかのように看做されるようになった。どういうわけだか、彼女がどれだけそれを否定しても、周囲はますますこの確信を深めていくということになってしまった。

その理由は彼の方がその噂を否定しなかったためなのだが、この時には彼女にはそれは判りようがなかった。二人でいる際には彼はそんなことはおくびにも出さなかったからである。可笑しいね？　などと惚けていた。でも、みんながそう思うのであれば、僕たちは案外お似合いなのかも知れないね？

「私はそうは思わないんだけど」と彼女はその際にはきっぱりと、彼に対してそう言ってやった。

「なんで？」

「だって、あなたはいずれ東京の本社へ帰っちゃうんでしょ？」

「それは、たぶん、そうなると思うけど」

「だったら。それでお別れじゃない？」と彼女は言った。

「どうして？」と彼は不思議がった。「君も一緒に東京へ来れば好いじゃないか？」

「嫌よ」

「どうして？」

「一回お食事しただけの人に付いて行きたくはないもの」

「じゃあ、それ以上の仲になろうか？」と彼は冗談めかしてはいたものの意味深な態度で彼女に対してそう迫った。

「それは、もっと嫌」と彼女は答えた。

「なんで？」

「この工場が好きだから」と彼女は答えた。「離れたくはないのよ、ここから」

「うちの会社の一部だろ？」とその彼は馬鹿にしたように言った。

「そう思って働いているわけじゃないもの」

「わからないな」

「なにが？」

「君の言っていることがだよ」

「私たちはわかり合えないわ」と冷徹に響くように彼女は告げた。「それがわかって、好かったんじゃない？」

その後も二人の男女の距離はなかなか縮まらなかった。彼女の方が、実に巧みに、それをかわしていたからだ。彼女としては病気の彼のことを一度病院まで搬送し、見返りに一度お食事をご馳走になっただけの相手だ。それ以上でも以下でもない。そして相手はやがて彼女の知らない世界へと帰還していく。めでたし、めでたし。

しかし。この時には、ことはそれだけでは済まなかったのだ、と彼女は僕に語った。

「なにがあったんですか？」と僕は二本目のタバコに矢継ぎ早に火を点けながら訊いた。

「私が彼のことを送っていく係になったのよ」と彼女は言った。「私の車で」

彼女は当時から工場までは軽自動車に乗って通っていた。一方の彼の方では東京にある貸間から鉄道を乗り継いで最寄り駅まで通い、そこからは送迎バスに乗せられる格好でこの工場まで運ばれて来ていたのだ。

ある日。彼女は工場長の部屋に呼び出された。そこには彼女の大好きな工場長がいて、彼女のことを待っていた。応接用のソファーに座らされ、お茶まで出されて、彼女としては気が気ではなかった。仲間たちはラインの上でせっせと作業に勤しんでいるというのに、どうして自分だけがこんな場所に座らされているのか？　緊張している彼女に向かって工場長は静かに口を開くと、こう言った。

「これから、しばらくの期間。君にはある用事を頼みたいんだよ」物静かだが、有無を言わせぬ声だった。

「何ですか？」と彼女は声を震わせて聞き返した。

工場長が彼の名前を口に出した。

「あの男を仕事終わりに駅まで送ってやってくれないか？」

「私がですか？」

「そうだ」

「どうして？」

「それを彼が望んでいるからだ」と工場長は申し訳なさそうにそう言った。「他ならぬ君にとね。ご指名というわけだ」

「どうしてそんなことをやらなくちゃいけないんです？」と彼女は聞き返した。さっきまでの緊張は霧散して、新たに怒りがそれに取って代わっていた。「みんなバスで帰っているでしょう。あの人だって同じようにするべきだと思いますけれど？」

「それはまあ、その通りなんだがね」と言って、工場長は後に続く言葉を濁した。「今までは彼だって、そうやって来たわけだから」

「これからもそうしたら好いじゃないですか？」と彼女は言った。「どうせ。すぐにいなくなるんだし」

「そうは言ってもだね」と工場長は諭すように彼女に向かって話しかけてきた。この人にそういう言い方をされてしまうと彼女は弱かった。「あれは何というか、本社からの大事な預かり物だから……」

「特別扱いは好くないと思います」ときっぱり彼女は言った。「それに私だって、残業する時だってありますし」

「君はもう、残業はしなくても宜しい」と今度は工場長がきっぱりとそう告げた。「ラインにはそう指示してある。その期間だけは早く上げろ、と」

「じゃあ、残業代だって稼げないじゃありませんか？」と彼女は困惑しながら告げた。たまにある残業は彼女の重要な財源でもあったからだ。

「少しだが手当てを出すよ」と諦めたように工場長がそう言ったので、彼女は素早くそれを制した。

「要りません。そんなお金は！」

それだけ言うと、彼女はソファーから立ち上がって、さっさと部屋から出て行ってしまった。彼女が工場長に逆らったのは、これが初めてのことだった。出されたお茶には口もつけなかった。作業着のままでラインに戻ると、そこにいた全員が彼女からは視線を逸らすように顔を背けてしまった。どうしてこんな目に遭わなきゃなんないの？　と彼女は悲しくなってしまった。私はただこの場所で、いつも通りに仕事がしていたいだけなのに、と。

「でも。好かったじゃないですか？」と僕は言った。それは昼休憩の最中のことだったと思う。僕らは並んで陽光を浴びながら、互いのタバコを灰に変えていた。「残業しなくても好くなったわけだし、その上手当てまで貰えるなんて、ラッキーとしか言いようがないですよね？」

「あんた。私が本当にそんなことをやったと思っているわけ？」と彼女は僕に言い返してきた。「そんなイエロー・キャブみたいな扱いを受けて、喜んでそれを受けたとでも？」

「そうじゃないけど」と僕は言ったが、同時に彼女はそれをやったに違いないとも思っていた。でなければこの話は、そこで終わってしまうからだ。「あなたの好奇心が最終的には、それをあなたにやらせたんじゃないかな、と僕は思いますけどね」

「好奇心？」

「ええ。あなたにはそれがある」と僕は告げた。「それも人一倍。でなきゃこんな風に興味深い話を、次から次へと人に語って聞かせることは出来ません。あなたが魅力的なのもそのせいだ」

「あら、ありがと」

「その彼が大勢の娘たちの中からあなたを選んだのもそれが理由ですよ。そういうのって見たらわかるもんなんです。なんとなく、わかる。だから、あなたに声をかけた。あなたとならばわかり合えるかも知れない、という直感が働いたんですよ。他のどうやら自分を好いてくれているらしい娘たちよりも、ずっと」

「好奇心か」と彼女は諦めたように声を絞り出して言った。それから「確かにね。この先どうなるのか、ということについては興味はあったわよね」

「でしょ」

「でも。実際にはもう少し現実的なやり方で、私はその任務に当たることになったわけ。随分抵抗はしたんだけれど、結局はね」

「どんなやり方ですか？」

そのやり方については、工場長の名誉のために、彼女はあえて口にはしなかった。彼女は今でも歴代の工場長の中では彼のことが最も好きだったと語っている。一度工場長の部屋に二人で忍び込んで、壁の上にずらりと並んだ歴代工場長の肖像写真の中から、その人が映し出されている一枚を僕に教えてくれたこともあった。

「この人よ」と彼女は言った。「みんなのお父さんって感じで、私も大好きだったのよ」

とにかく。彼女は結果的にはその申し出を引き受けざるを得なかった。でも、そのために金を受け取るということだけは最後まで頑なに拒み続けた。それがぎりぎりのラインだったからだ。

「あくまでも。個人的なお付き合いとして、彼のことを帰りに車で駅まで送ってあげるだけですよ」と彼女は最後にはそう告げることになった。工場長の側にもそれで異存はなかった。むしろ彼女がようやく重たい腰を上げてくれて安堵しているように見えた。

「あれはああ見えて、将来は本社で出世する男なんだよ」と取り成すようにそんな言葉を口にしたのだが、そんなものは彼女の耳には入り込んでこなかった。本当におかしな世の中だ、と思っただけだ。

「だって、そうでしょ？」と彼女は僕に迫るように言った。「自分で私にそう頼んでくるのならともかく、工場長まで動かしてそんなことをさせるだなんてどうかしてるわよ。そんなのが出世するんだったらこの会社も長くないかもなって、本気でそう思ったもの、私」

「でも。そんなもんですよね、この世界って」と僕は言うしかなかった。僕には本社に戻って出世出来るという見込みはまるでなかった。むしろその逆で、東京に戻れなければこのまま部署ごと切り捨てられる可能性さえあったのだ。そこにある青い空を見上げながら、そんなことを考えていたような気がする。

その間も彼女は話し続けていた。青い煙が空に向かって舞い上がり、どこかへと吸い込まれるように消えていった。僕らの時間もこうして薄く削り取られるようにして消えていく。煙の行き先はわからない。僕らの行き先もわからない。わかっているのは過去だけだ。そして彼女は今、自らの経験してきた過去の話を僕に向かって伝えてくれている。この平穏極まりない工場で大昔に起きた、ささやかなおとぎ話を。

それから約一ヶ月間。彼女はその男のことを駅まで送り届けることになった。仕事は定時で終えて、ロッカーで作業着を着替え、駐車場で軽自動車のエンジンを温めてから門の手前で待っている彼のことを拾うというのが彼女のルーティーンになったのだ。彼女は律儀にそれをやった。気が進まないこととは申せ、一度引き受けたからにはそれはやり通すというのが彼女の信念でもあった。相手の男はそんな彼女の気も知らないで、のん気な顔で四角い鞄を手にして、彼女がやって来るのをぼんやりと待っていた。車が見えると微かに顎だけを引き、それが目の前で停車すると路を回り込んで、当たり前のように助手席のドアを開けて彼女の隣へと滑り込んできた。微かにコロンの香りがすることもあった。歳はそれほど変わらないはずなのに、相手の方が一回り以上も年上に思えたものだったと彼女は言っていた。そういう時には。

彼女には彼がこの工場の中でどんな職務についているのかは想像も出来なかった。名目上は彼に与えられていた役割は視察とされていたのだが、彼女のラインには彼が現れたことはなかった。いったいどこで何を視察しているのか？　そしてその視察とやらにどんな意味があるのか？　彼女にはそれはわからなかった。視察も何も、目の前の作業をやりこなさなければ仕事はいつまで経っても終わらないのだ。それが彼女にとっての仕事だった。そうやって金を稼いで、毎日ご飯を食べているのだ。そうやって実直に生きている私のような人間が、一日の仕事を終えたくたくたの身体でもって、どうして視察を終えた男を最後に駅まで送ってやる必要があるのか？　彼女にはどうしても納得がいかなかった。でも、ことはそう決まってしまい、今では動きだしてもいるのだ。その流れに抗うことは自分には不可能だ。この先もこの場所でやっていきたいと思うのであれば、好むと好まざるとに関わらず、私はこれをやらなければならない。

「悪いね？」などと男に言われるたびに彼女は本当は心の中で腹を立てていた。

「べつに」と彼女はわざと素っ気なく、そう答えるようにしていた。

「やりたくはなかった？」

「べつに」

車中での会話はこんな風に短く途切れがちなものになった。駅までは数分で、歩いても通えない距離ではない。ロータリーに車を停めて男が助手席から降りてゆき、階段を昇って駅舎の屋根の下に吸い込まれてしまうのを見届けると、彼女はようやく一日の仕事が終わったという開放感に包まれた。それから再び車を動かして、いつもの道で家に帰った。

「小さなロマンスっすね？」と僕は彼女の話を聞きながら、そんな風に言ったと思う。

「これの、どこが？」と彼女は噴き出すようにして腰を折り曲げると、笑って言った。煙が舞って、彼女は小さく咳き込んだ。

「なんだか羨ましい感じがして」と僕はそんな彼女を気遣いながら言っていた。

「ロマンスの要素なんてゼロじゃない？」とようやく落ち着いた彼女が下から僕を突き上げるように見つめて言った。

「立派なロマンスですよ。仕事終わりの数分間、車の中で二人きり」と僕は言った。

「じゃあ、私がヒロインってわけ？」

「もちろん。そうです」と僕は肯いた。

「やれやれ」と言って、彼女はもう次のタバコに火を点けていた。

青空喫煙コーナーには他にも愛煙者たちが集っていたけれど、みんな僕らの会話には無関心だった。それぞれが黙々と自分のタバコを灰に変えていただけだ。自動販売機のコーヒーを片手に持っている人もいたが、僕らはどちらも缶コーヒーを嫌悪していた。彼女はペットボトルの水を持っていて、僕はレモンスカッシュを飲んでいた。

「でも、そういう気分になっていったのは確かよね」と彼女は言った。

「やっぱりね」と僕も言った。

「男の人と車の中で毎日必ず二人きりになるという経験がそれまではなかったのよ。たとえ相手がいけ好かない奴だとしても、男は男なわけだから」と彼女は目を細めながら言った。

「だんだん。相手のことが好きになっていった？」

「んんん」と言って、彼女はしばらく考え込んでいた。

僕は彼女の次の言葉を待っていた。

やがて。彼女は口を開いて言った。

「そういうんじゃないけどさ。意識するようになったのは事実よね。相手はどうやら私に気があるみたいだし。そうやって、女として見られていることがわかると、どうしてもね」

彼女は徐々に服装や髪型にも気を配るようになっていった。作業着を脱ぎ捨てた後でロッカーの裏側にある小さな鏡で薄く化粧を整えたりもするようになった。そんなことをしている自分に気がついて、思わず苦笑いを浮かべたこともあった。私は何をしているんだろう、と思った。あんな奴、好きでも何でもないのに、と。

それでも化粧直しの時間は増えていき、そのせいで彼を待たせることさえもあった。たまに彼の姿が門の手前に見えないと、ひょっとしたら別のやり方で帰ってしまったのじゃないかしら、と不安を覚えるようにもなった。そういう際にも彼は必ず最後には現れてくれた。そして、いつものように、彼女の隣に音もなく忍び込んできた。

「ごめんね。出掛けに電話があったものだから」と彼は言った。

「本社からの電話？」

「うん」

「あちらへは、いつ頃、お戻りになられるの？」

「じき、だと思うよ」

「そうなったら私、ようやっと、お役御免だわね？」と言って、彼女は笑みを浮かべてみせた。

「それが君の変わらぬ願い、というわけだな」と言って、彼も笑った。

この頃には、そんな軽口が叩けるようになるくらいにまで二人の距離は縮まっていたということだ。彼女にはもう自らに与えられたこの任務がそれほど不愉快だとも思えなくなっていたのだし、彼の方では終始一貫して彼女のことを好ましく思っていた。

「あの、一つ伺っても好いですか？」と僕は訊いた。

「どうぞ。何でも」と彼女は答えた。

「その人が工場長まで動かしてそうなるように仕組んだのって、あなたの立場を気遣ったからじゃないですか？」

「どういう意味かしら？」と彼女は言った。

「つまり。直接頼むことも出来たけど、それだとますます噂が立つことになるでしょう？そうしてやれば、あくまでもあなたは被害者であって、仕方なしにそれをしているんだという風に周囲からは見られることになる。批判されるとしたら、それは自分の側だけだ。そう考えたんじゃないですかね？」

「そこまで視野の広い人には見えなかったけどな」と彼女は過ぎ去った日々を懐かしむように遠くを見つめながら呟いた。「まあ、そういうことにしておいてやろうかしらね」


こうして。遅ればせながら彼女の側にも恋の炎がうっすらと揺らめき始めていたわけだが、二人の男女の関係はあくまでも送る側と送られる側という一点からは動きださなかった。彼女は毎日彼のことを駅まで送り届けていただけだ。それ以上のお誘いを彼の方がかけてくれることもなかった。そこには、そのための、明確な理由が欠如していたからだ。

「奥手だったんすね？」と僕は話を聞きながら声を上げてしまうことになった。「さっさと男女の関係になっちゃえば好かったのに」

「そういうわけにはいかなかったのよ」と彼女は言った。「地元の駅前だし、誰が見ているかわからないでしょう？　田舎の情報網を舐めちゃいけないわ。翌日にはもう町中がそのことを知っている。そういうものなのよ」

「だとしても、彼はそうなることを望んでいたわけでしょ？」と僕は不思議に思って訊いた。それに、あなたの側だって、と。

「不倫とかならともかく、健全な若い男女が恋をして、そうなるのに、誰に遠慮が要るんですか？」

「奥手だったのは私の方よりも彼の方なのよ、実際には」と彼女は言った。「田舎の女の子を舐めちゃいけないわ。そういう点でも私たちって、わりかし早いのよ？」

「そうなんだ」と僕はぼんやりと答えた。

「でも。彼の方は都会育ちでクールだし、話してみると案外昔気質な人だったのよ。こんなやり方でしか好きな相手にアプローチ出来ないということを少しは恥じてもいたみたい。だから、それ以上の要求はしてこなかったのよ。その時点では、まだね」

「ということは、この話にはまだ続きがあるんですか？」と僕は驚いて聞き返した。この手の話は大抵は、彼が東京へ帰ってしまってお終いとなるのだと勝手に決め付けていたからだ。

「さて、どうでしょう？」と彼女はぼかすように笑って答えた。「考えてみれば、そんなに遠いところでもないのよね。東京なんて。電車に乗れば着くんだし。でも、その当時はそんな風には思えなかったな。彼が遠い異国へ行ってしまうかのように思えたもの。ああ、この人は私の知らない、一生知ることのない世界へと舞い戻っていくんだな、と。今だけは私の隣にいてくれて、こうして時を共にすることが出来ているだけで、こんな時間はそうそういつまでもは続かないんだな。そう思ったものよ」

「切ないですね」と僕は言うしかなかった。

「嫌だわね、女って」と彼女も苦笑した。「なんのかんのと言っておいて、結局はこれなんだからさ」


いよいよ。その男が工場を去る日がやって来た。その日は朝から大粒の雨が降り注いでいた。彼女は前夜から胸がドキドキとして上手く眠りに就くことが出来なかった。朝起きて歯を磨いて、入念にお化粧をして、この日のためにわざわざ新調した下着まで身に付けていた。彼が何かをしてくるとしたら彼女が彼のことを送っていく最後の一日である今日をおいて他にはないだろうということを彼女は知っていた。そして、それを望んでもいたのだ。

「どうしても抱かれたい、とかそういうことじゃなくてさ」とその話をする際には彼女はやや恥ずかしそうに目を伏せて言った。僕らはその時には駅前の路地裏にある古い喫茶店のテーブルの上で向かい合っていた。いくらなんでも、この話を青空喫煙コーナーでするわけにはいかないと彼女も察したのだろうと思う。その日の昼休憩の際に前段までの話を聞かされて、最後に彼女の方から、今日終わったら少し時間ある？　と誘われたのだ。僕は彼女のこの話だけは絶対に何があっても最後まで聞き取りたいと考えていたので、二つ返事で承諾した。今日は早めに切り上げますよ、門の手前で待ってますから。

それで。この日だけは彼女がかつてと同じように運転してくる軽自動車の助手席に僕が乗り込むということになった。

「不倫を疑われやしませんかね？」と僕は乗り込んですぐにそう言ってみたのだが、彼女はそれを一笑に伏した後でこう言った。「大丈夫よ、坊や」

彼女に案内される格好で、二人で車を降りた後でその喫茶店へ入ったのだ。僕はそれを同僚たちによって見咎められやしないかと内心ではビクビクとしていた。でも彼女の方はそんなそぶりは毛頭見せずに堂々とテーブルに着くと、二人分の珈琲を注文してテーブルの上に肘を突いた。少々くたびれた様子だったが、瞳には精気が漲っていた。これから自分が大切な何事かを話すのだという人間の覚悟を僕は感じた。

「ごめんね？　わざわざ時間を取らせちゃってさ」と彼女は僕に笑いかけながら言った。

「好いんです。続きが聞きたかったし」と僕は言って、熱い珈琲に口を付けた。

「タバコ吸う？」

「ですね」

二人で仕事終わりの一服をつけながら、珈琲を飲んで、しばらくは窓の外の暮れていく空を眺めていた。ここに来るようになってから、こんな風に寛いだ気分で景色を眺められたのは初めてのことであるような気がした。突然場違いな所へと放り込まれて、いつでも僕らは仕事が終わると逃げるようにそこを後にしていた。ここが、今の自分の居場所なのだ、と思えた。

「話を続けても好いかしら？」と彼女が言ったので、僕は我に返った。

「そうでした」

「ここからが、この話の肝なのよ」

「でしょうね」

「私が彼に抱かれたのかどうかを、あなたは知りたいのよね？」

「とても」と僕は言った。

「どっちだと思う？」

「さあ」

その日は一日中雨が止むことはなかった。ラインに入って働いている間にも、その後のことを考えてしまい、彼女は気が気ではなかった。昼休憩の際に食堂の入口で彼の姿を見かけて鼓動が強く、早くなった。彼の横には本社から訪れているらしい、見知らぬ顔の一人の男が立っていた。改めて、今日が彼にとっての、この工場で過ごす最後の一日になるのだということが察せられた。今日はこれまでの一日とは違うのだ、ということが。そう思った途端にある思いつきが彼女の胸を俄かに覆い尽くした。今日に限っては、彼は本社の人間が運転する別の車に乗って、ここを出て行ってしまうかも知れない、という思いつきだ。私がいつも通りにその場所へ行っても、彼はもうそこにはいないのではないか？　そう思うと彼女の胸はざわめいた。前日に彼のことを駅まで送り届けた際には彼はそんなことは一言も口にしていなかった。明日で最後になるけれど、よろしく頼むよ、と言ってくれただけだ。しかし、事情が変わるという可能性は大いにあるような気がした。そうなってしまったら、私と彼が二人きりで時間を過ごす機会はこの先はもう二度と訪れはしないのだ。頭の上から空が落ちてきたような衝撃を覚えた。自分は何という愚か者なんだろうかと思った。せめて自分の気持ちだけでも、こうなる前に伝えておくべきであったのだ。

午後の時間は記憶にもない。彼女はただラインの上を流れてくる無数の物たちに必要な処置を施し続けていただけである。頭の中ではそれとはまったく別の時間が流れていた。その茫漠とした時間もいよいよ終わり、彼女はロッカーで作業着を脱ぎ捨てると化粧直しもせずにそこを飛び出して、駐車場まで小走りで駆けていった。そしていつも通りに愛車のエンジンを温め、ワイパーを動かして視界を保ちながら、彼がいるはずの門を目がけて車を慎重に動かした。

果たして。彼はそこに立っていた。傘を差して。胸の前には大ぶりの花束を抱え込んでいた。水を切るように傘を何度か振った後で、その男は彼女の車へと乗り込んできた。彼のコロンの香りが左側から漂ってくると、彼女はそこでようやく生き返ったような心地がした。「悪いね？」といつも言う台詞を彼はこの時にも真っ先に口にしてくれた。「酷い降りだな、こりゃ」

それから。男は持っていた青い花束を断りもせずに後部座席へ放り出すように置いた。

「それ、送迎の花束？」と彼女はそっちは見ずに声だけを投げた。

「ああ」

「この後で飲みに行ったりしなくても好いの？」と彼女は訊いた。そのことの可能性にまったく気がつかなかったのは迂闊だったわよね、と思いながら。

「そういうのは全部断ったんだ」と彼は短く答えて、それからもう一度前を向いた。

「じゃあ、この後の予定は特にないのね？」と彼女も前を向いて言った。

「ああ。君に駅まで送り届けてもらったら、いつも通り家に帰るだけだよ」と彼は言った。

「明日からは？」

「本社だ」

「好かったわね？」と彼女は言った。車はまだ門の手前に留まっていた。いつもであれば車を出しているタイミングで彼女がなかなか走りださないので、相手は戸惑っているようだった。「短い視察で済んでさ」

「どうかした？」と彼が訊いてきたので、彼女はそこでようやくギアを入れ替えて、車をゆっくりと前方へ動かした。

「べつに。雨だから注意して運転しなくちゃな、と思っていただけよ」

数分後には二人を乗せた軽自動車は駅前のロータリーの所定の位置へと辿り着いていた。車を停めると、彼女は一度大きく息を吐き出して、乱れた呼吸を整えた。

「大丈夫？」と気遣うように彼が助手席から声を掛けてきてくれた。

「何が？」と彼女は聞き返した。

「顔色があんまり好くないぜ？」

道中では意味のある言葉は何もなかった。いつも通りの帰り道だった。どちらかといえばその日の彼は無口だった。雨粒が屋根を叩く音だけが車内に響いていた時間も長かったように思う。そうしていると彼女は絶望的な悲しみによって打ちのめされるように感じた。この人の目はいまや明日からの未来へ向いているのだ。今、横にいて、この車を運転している私のことなどはもう見えてもいないのだ。そう思えた。私はもう半分は、彼の過去に属する人間なのだ、と。

「そりゃ、ほっとしたのよ」と彼女は言っていた。

「どういう意味？」と彼は言い、言いながら後部座席の上にある濡れた青い花束を掴み取ろうと身体を捻らせた。コロンの香りが彼の首もとから匂った。

彼女は言った。

「これで私の任務は無事完了、という意味よ」

「大袈裟だな」

　その言葉に彼女はムッとして言った。

「未来のお偉いさんを乗せて走っていたのよ？　事故でも起したら事じゃない。あなたは気が付かなかったのかも知れないけれど、これでもそれなりに毎日緊張しながら車を走らせていたのよ。体調にも気を配って」

「そんな風に負担になっていたのか？」と男が動きを止めて、彼女の方へ振り向いたのが気配でわかった。

「それも、今日でお終い」と明るく響くように努めて彼女は言った。「明日からは残業も出来るし、寄り道も出来る。好いことと尽くめってわけよ」

「君との関係をこれで終わらせてしまうのは嫌だな」と彼が言った。

「は？　何言ってのよ。これで終りよ。ま、同じ会社の一員であるってことくらいかな。あなたと私の関係はさ」

「本社へ戻って諸々落ち着いたら連絡するよ。今度改めて東京で会わないか？」と彼がようやく花束を取り上げて助手席の上に座り直し、花束越しに彼女の顔を覗き込むようにしながら、そう言った。

「それって、いつの話？」と彼女は前を見つめて言った。「そういうこと、あんまり気安く言わないでくれる？」

　自分が何をムキになっているのかもわからずに彼女は困惑していた。しかしながら口調はますます熱を帯びてくる。それを押し留めることは出来そうになかった。せめて涙だけは流すまい、と彼女は思った。

「あんたは本社から来て、工場の気に入った女の子にちょっかいを出して、それで満足なんでしょうけどね。こっちはそういうわけにはいかないのよ。私はこの先もここで生きていかなきゃなんないのよ。気に入らない仕事でも、いけ好かない奴でも、受け入れてやっていく以外には手がないのよ。わかる？　そういう気持ちがどんなものなのか、あんたに」

「悪かったよ」と彼は静かに口を開いていった。なんだかその台詞ばかりを言わせている気がする。でも、悪いのは本当にそっちなのだ。

「君にそんな風に負担を強いているとは思わなかったんだ。許してくれ」

「いまさら何を許せって言うのよ？」と彼女はまたしてもムキになって言い返してしまった。

「なら、どうしろと言うんだ？」と彼は言った。

　責任を取ってよね、と彼女は言い掛けたのだが、その台詞は喉もとまで出掛かって儚く消えた。いったい、この人にどんな責任があるというのか、彼女にもわからなかったからだ。彼女の心に火を点けてしまった責任？　そんなものが果たして責任と呼べるのか？

　代わりに。彼女はこう言っていた。

「今じゃなきゃダメなのよ。また今度とか、改めてとか、そんな機会は永遠に訪れはしないものなのよ。私にはそれがわかるのよ。今、こうして時間を共にしている間にしか持続していないものがちゃんとあるのよ。それが絶えてしまったら、あなたはすぐに私のことなんか忘れてしまうわよ。それを掴みたきゃ今、掴むしかないの。そんな惚けた花束手にしていないでね」

　彼は彼女の言うことが心底理解出来かねる、というように困った表情で彼女の横顔を見下ろしていた。雨が烈しく屋根を打ち続け、その音色が車内にある何もかもを重たく塗り籠めていた。

「言っている意味がよくわからないな」とやっと、彼は言った。「僕のことが信用できないということか？」

「人間の気持ちが信用できないのよ、私は」と彼女は告げた。「それは、ころころと移り変わるものだから」

「なら今、君はどうしたいんだ？」と彼はやさしくそう言った。

　今すぐ抱いて、とは言えそうになかった。そんな間柄ではないことは彼女が一番よく知っている。今では彼の方が彼女のことを好きなのではなくて、自分の方だけが一方的に彼のことを好いているような気さえしていた。

　しばらく。二人の男女は車中で黙り込んでいた。どうしてこんなことになっちゃったんだろう、と彼女は考えていた。もっとクールにさよならすることだって出来たはずなのに、と。それは前夜にセカンド・プランとして彼女が用意していた筋書きでもあった。彼の側に何のそぶりもなかった場合には、こっちも同じ体で後腐れなく別れ去る。そうしてさえおれば、このたびの一件も人生のちょっとした寄り道で済んだのだ。でも、もうそれでは済まされない地点にまで自分は今、来てしまった。

「今からホテルへ行かないか？」と男が言ったのはそんな矢先のことだった。彼女は耳を疑った。それから顔を上げて、横にいる男の瞳を見つめた。同じく男も彼女を見ていた。彼は言った。

「君が何かしらの確証を求めているのであれば、今から行こう。実は、こういうやり方は卑怯だと考えていた。交際を申し込むのであれば正式に本社へ復帰した後でとね。でも、それでは遅い、と君は言う。なら今すぐに。どうだ？」

「ちょっと待って、」と相手の思いがけない言動に彼女は動転してしまい、物が上手く考えられなくなってしまった。

「そういうことでは、なかった？」と今度は彼の方がやや恥ずかしげに顔を背けてしまうことになった。

気まずい沈黙が流れた。

彼女は何も言うことが出来なかった。

空気に耐えかねるようにして、彼は鞄と花束を手にしてドアを開け、傘を開いて雨の駅前へ出て行った。

彼女は彼のことを引き留めかけたのだが、この時にも頭が回らずに、口にするべき言葉がどこにも見当たらなかった。

男はドアの外から中を覗き込むように身を屈めて言った。

「僕はどうやら君に対しては見当外れなことばかりをくり返しているようだな。すまなかったね？　今まで本当に有り難う」

待って、と彼女は言いかけた。でも声が出ないのだ。私の声が。それは襲いかかる雨粒たちによって余さず吸収されてしまったらしかった。なんでこうなるの？　と彼女は思った。

彼女が何も言わないでいるので彼はとうとう諦めて、ドアを閉めた。それから踵を返すと、傘を差して花束を手に持ち、駅舎へ向かって歩きだした。

「それが、この話の結末ですか？」と僕は訊いた。喫茶店の外ではすっかり日が暮れていた。夜だな、と思った。今はいったい何時ごろなのだろうか？

この話のこの部分だけは青空喫煙コーナーで聞かなくて本当に好かったと思った。あの場所では彼女はまだ実力の半分も見せていなかった。だからしてここへ、僕のことを連れてきたのだ。取って置きの話の取って置きの部分だけは本気で話したかったのだろうと思う。周到だ。些か周到過ぎるくらいに。

「どう思う？」と彼女は温くなった珈琲を口に含めるようにしながら僕に向かって訊いてきた。

「悲しいラストですよね」と僕は言った。「勿体ないな、と思います」

「ハッピー・エンドを望んでいたの？」

「誰だって、そうですよ」と僕は言った。

僕がそう言うと、彼女は嬉しそうに顔を綻ばせた。それから、こう言った。

「だから。この話はまだ、ここでは終わらないのよ？」

「本当に？」と僕は思わず身を乗り出して訊いた。「この後にどうなったんです？」

「聞きたい？」

「もちろん」

「じゃあ、もう一杯。珈琲を貰わない？」

「眠れなくなるからな」と僕は言った。

「しけたこと言わないでよ？」

「わかりましたよ」

そこは僕の方が折れて二杯目の珈琲を注文した。もちろん。こっちは僕の奢りとなる。

「ご馳走さまです」とわざと塩らしく彼女はそんな風に言った。「私ね、珈琲っていつも二杯飲まないと、飲んだ気になれないのよ」

「そういう人っていますよね、たまに」

「でも。ここの珈琲は美味しいでしょ？」

「とても」と僕は言った。「工場の缶コーヒーとは別物ですよね」

「まったく」

それから。二杯目の珈琲を飲んで、彼女はいよいよこの話の結末を付けてくれることになったわけだ。僕はそれを聞いた。以下が、その詳細である。

車内に独りきりで取り残された彼女はそこで初めて涙を流すことになった。失恋の経験はそれまでにもあったが、今度の傷は深くて長引きそうだった。若い女性にとっては、これは致命的である。早いとこ忘れなきゃね、と自らに言い聞かせてはみるものの、それがそう簡単ではないことも彼女はよく知っていた。

車は雨の中に留まり続けていた。いつも見るロータリーの景色がこの時にはまるで別の惑星の、別の駅前の風景であるかのように白々しくけぶっていた。ラスト・ワンダー・プラネット。最後の不思議な惑星。彼女の脳裏にこの言葉が最初に閃いたのも、この時のことだ。そうだわ、と彼女は思った。これらはすべて、この惑星の上ではなしに、どこか遠くの知らない惑星の上で起きたことなのよ。そこに私は含まれてもいない。そして明日からはまたいつもの見慣れた自分の惑星の上で、自分の人生を生き始めることになるだけのことなのよ。

そう思うと幾分か救われた気がした。その星は早くも彼女の意識の裏側に零れ落ちつつあったからだ。夢から覚めたすぐ後に、その夢が粉々に砕け散って、四方の壁に向けて吸い込まれていくように。脆く、儚く、消えていったのだ。

彼女の愛車は辛抱強く号令を待っていた。だから彼女は本能に従って一度はそれを動かしかけたのだ。そのままロータリーを抜け出して、いつもの道で、いつもの家に帰り着くはずであった。その間際にもう一度、助手席側の窓ガラスがノックされさえしなければ。

彼女はその異変に気がついてブレーキを踏み込んだ。路面にタイヤが擦れる嫌な音が聞こえた。そちらへ振り向くと、ガラスの向こうに立っていたのは彼だった。ついさっき、ここを出て行ったはずの男だった。

男は傘を差していて、その腕にはさっきまでとは違う色の花束が新たに抱え込まれていた。彼女は意味がわからずに、それでも鍵を開けて、彼がそのドアを開ける瞬間を待った。

ドアが静かに開かれた。男は彼女の顔を見てぎこちなく笑いかけてきた。

「これ、君に」と言って、彼はその赤い花束を彼女に向かって差し出してくれた。

「なに?」と彼女は言ったが、心は嬉しい予感で満たされつつあった。

「今までのお礼だよ」と彼は言った。

「さっきまでの、青い花束は?」と彼女は言った。

「あれは花屋に置いて来た」と男は言った。「代わりに、これを買ったんだ」

「どうして？」

「さっきも言ったろ？」

後ろからクラクションの音が聞こえた。

「乗って！」と彼女は反射的に言っていた。

その声が響くのとほぼ同時に、彼が彼女の隣へといつものように滑り込んできた。ドアを閉じて身体を捩ると、赤い花束を後部座席へと投げ捨てた。

車はすでに動き出していて、ロータリーを抜けて次の信号で掴まるまでは落ち着いて話もできなかった。でも彼女にはこれが望み得る最も幸福な結末であるということがはっきりと確信出来ていた。

「どこへ行く？」と彼女は彼に訊いた。

「どこでも好いよ」と彼は言った。「君の望むところへ、今度は僕を連れて行ってくれ」


これが、この話の真の結末だ。本当かどうかはわからない。そんな風に何もかもを明らかにしたいとは今の僕は思わない。でも、それを話す際の彼女は幸せそうに僕には観えた。それだけで十分だろう。われわれはフィクションにそれ以上の何を望むことがあるだろうか。

二人の男女はこの後で、一台の軽自動車に乗って、彼らのラスト・ワンダー・プラネットへ向けて旅立っていった。それが僕なりの、この物語のささやかな結末だ。彼女がどこかでこの話を読んでくれたら、果たして何と言うだろうか。あら、普通にホテルへ行っただけだけど、とでも言うかも知れない。それならそれでも一向にかまわない。ラブ・ストーリーの結末は人の数だけある。

その後。僕らは工場からは切り離されてしまい、彼女と青空喫煙コーナーで顔を合わせる機会もなくなってしまった。同僚たちはそれを心から喜んでいたけれど、僕の中には複雑な思いもあった。きれいな富士山と最後の不思議な惑星の物語。あの工場での日々が僕にくれたものは案外と数多い。それらを失ってみて、その価値が、かえってよく解る。

ちなみに。その彼はその後の彼女の夫となる男性とはまた別の人物である。これは彼女から実際に聞かされた。

「そんなに上手くいくわけはないでしょう?」と僕がそれを訊ねた際には彼女は呆れたようにそう言った。

「じゃあ。その後、彼とはどうなってしまったんですか?」と僕は尚も突っ込んで訊いてみた。もちろん。青空喫煙コーナーで。

「それはまた、別の時の話すわ」と彼女はタバコの煙に巻かれながら、そんな風に答えてくれた。「けっこう長い話なんだな。またこれが、」

土曜日は琥珀色

Lost Vision

　イングリッシュモンキーの世界から土曜日が消滅してしまったのは、その年の六月のことだった。その日は朝からしとしとと雨が降り続いた。イングリッシュモンキーは窓辺に立ってコーヒーを飲みながら雨粒の大群を眺めていた。折角の土曜日なのに、こりゃどこへも行けそうにないね、と彼は思った。

　雨は夜になってもまだ降り続いていた。イングリッシュモンキーは宅配のピザを食べながらウイスキーを飲んだ。床の上にぺたりと座り込んで。

　そこに土星人たちがやって来たのだ。

「土曜日は琥珀色」と最初に飛来した土星人はイングリッシュモンキーに向かってそう告げた。それから部屋に貼ってあるカレンダーの上の土曜日の日付を一つずつ丁寧に琥珀色に染め直した。それによってイングリッシュモンキーの世界からは一切の土曜日が消滅してしまった。その青いはずの曜日は今では琥珀色によって埋め尽くされ、その日が訪れると世界は瞬く間に過ぎ去って、気がつくともう日曜日の朝が来ているのだ。

土星人たちは彼の土曜日を暦の上から根こそぎ刈り取ってしまった。イングリッシュモンキーは落ち込んだ。そうなるずっと以前から、彼は七つある曜日のうちでは土曜日が最も好きだったからである。

「何ということだ」とイングリッシュモンキーは呟いた。「この俺には最早、土曜日という贅沢は許されないのだ」

隣室に住んでいる若いカップルは大抵の週末には大音量で音楽をかけまくっていた。彼らの音楽の趣味は好かった。これはイングリッシュモンキーにとっては有り難いことだった。貧乏なイングリッシュモンキーにはレコードを買う余裕はなかったので、こうして壁伝いにおこぼれに与ることができる、というのは。

善き隣人に恵まれるというのは豊かな人生を生きるための欠くべからざるピーズだ、と彼は考えた。若さと陽気さ。美しい歌声があれば大抵の困難は乗り越えてける。

特に土曜日の夜には彼らは盛大に音楽を鳴らした。音楽に合わせてハミングしたり、床の上でダンスを踊っていることもあった。そんな折には互いを英国風のおかしな名前で呼び合っていた。

「ねえ、リチャード。窓辺にイングリッシュラベンダーを飾ったら?」

「どうしてだい、ヴェガ？」

「だって、このお部屋。あんまり殺風景過ぎるもの」

「わかったよ。明日の朝一番に焼きたてのマフィンと一緒に手に入れようぜ？」

もう彼らの音楽に夜通し耳を澄ますこともできないのだ。これは辛いことだった。孤独な猿であるイングリッシュモンキーにとってみれば。

悩んだ末にイングリッシュモンキーは町の医者を訪ねることにした。

医者は言った。

「昨日から今日。今日から明日。日々が移ろっていくだけで十分ではないのかね、きみ？」

「華麗なる土曜日。牧歌的な日曜日」とイングリッシュモンキーは言った。

「は？」

「各曜日には創生以来のイデアが秘められているんだよ。土曜日がなければ洗練もロマンスも存在しなくなってしまう」とイングリッシュモンキーは訴えた。

「いであ？」

「ムードみたいなもんだ」と彼は諦めて言った。

「お若いねえ」と言ったきり医者は黙り込んでしまった。老齢の医者で髪の毛は白衣と同じくらい白かった。イングリッシュモンキーはこの問題で医者に頼った自らの不明を恥じた。

診察料を支払って（保険適用外だった）病院を後にした。

病院を出ると、その足で彼は馴染みの食堂へ向かった。スイング式のドアを通り抜けると、ウエイトレスの娘が彼のことを出迎えてくれた。

「どうしたの？　お顔がまっ青！」

「病院の帰りなんだ」と彼は言って、カウンターの端にあるいつものスツールの上に腰をすとんと落ち着けた。

「どこか悪いの？」

「星の巡りが、ちょっとね」と彼は答えた。

「ランチ？　それともアラカルト？」

「ランチ」

「お肉にする？　お魚にする？」

「肉」

「コーヒーは？」

「すぐだ」

娘がスカートの裾をひらひらさせながら厨房の奥へ消えてしまうと、イングリッシュモンキーは一本目のタバコに火を点けた。問題は何一つ解決していない。そう思うと彼は悲しくなった。みんなには今までと同じように土曜日が訪れているというのに、この俺には金輪際それは訪れはしないのだ、と思うと。彼はそこでカウンターに片肘を突きながら、これまでに訪れた数限りない土曜日のことを思い出していた。晴れの土曜日も雨の土曜日もあった。上手くいった土曜日も、そうではなかった土曜日も。でも、それらの土曜日のすべては彼のものだった。彼は土曜日を愛していた。いまでも土曜日を愛してはいる。しかし土曜日の方では最早猿には用がないということらしい。そう思うと泣きたくもなるのだった。誰もいなければ、泣いていたかも知れない。

娘がコーヒー・ポットを手にして、こちらへ歩いてくるのが見えた。

「カップを使う？」と彼女は言った。

「要らない」とイングリッシュモンキーは言った。

「だと思ったわ。さあ、お口を開けて？」

イングリッシュモンキーは歯医者でやるように上を向いて顎を大きく開いた。すぐにどぼどぼと熱いコーヒーが喉の奥へと注ぎ込まれた。その琥珀色の液体は食道を通り抜けて胃袋の中に収まった。

「給油完了」娘が言った。「さあ、元気を出してよね？」

「お代わりは？」

「お食事の後よ」

ランチは旨かった。これまでに食べたどのランチとも違う味がした。そのせいか店の中はいつになく混み合っていた。どのテーブルにも人が溢れていた。人々は食器をカチャカチャと鳴らしながら皿の上の料理を食べていた。ウエイトレスの娘は平素よりも忙しそうだった。燕のようにホールと厨房の間を何往復もさせられていた。でも、彼女はそんなことは気にもならないようだった。客が一組出て行くと、すぐにまた次の一組が入って来る、といった具合だった。

ようやく。ホールが一息ついた頃合を見計らって、イングリッシュモンキーはその娘に声をかけた。彼女はコーヒー・ポットを手にして早足で近づいてきた。

「忙しないね？」

「おかげさまでね」

「シェフを代えたのか？」とイングリッシュモンキーは訊いた。

「あ、わかる？」

「全然、味が違う」と彼は空になった皿を見下ろして言った。

「けど、今の人は臨時雇いなのよ。来週にはいつものシェフが戻って来ちゃうの」と残念そうに彼女は言った。

「また暇になるな」と彼は笑いながら言った。

「耐えられないわ」と娘が言った。

食堂を出て路を歩いていると、向こうから隣室で暮らす若いカップルが歩いてくるのが見えた。男の方は片手にトイレットペーパーの入った大きなビニール袋を吊り下げていた。それを除けば二人とも今すぐにテニスコートへ飛び出していけそうな格好をしていた。

「こんにちは」と女の方が先に挨拶を寄越した。

「調子はどうだ？」と彼は言った。

「まあまあ、ってとこかしら？」

「そいつは羨ましい」

「何かあったんですか？」と男の方が口を開いて言った。

「そういえば顔色が悪いみたい」

「モンキー・ブルーさ。そういう日もある」

「何か気に障ることがあったら遠慮せずに言ってね？　この人、自分が世界の中心だと思って生きているから」

「そりゃ、君だろ？」

「大丈夫だ」とイングリッシュモンキーは口もとに微笑みを浮かべながら言った。「ところで、この後のご予定は？」

「今から家へ帰るとこよ」

「そうか」

「あなたは？」

「予定はない」

「好かったら家に来ませんか？」と男が言った。「珍しいレコードが手に入ったんです。コーヒーでも飲みながら、ご一緒にどうです？」

「そんな野暮はしないよ」

「本当に遠慮しないでね？」と女が言って、二人はそのまま路の上を並んで歩いていってしまった。


さらに。あてもなく歩いていると、イングリッシュモンキーはいつしか自由が丘の駅前に辿り着いていた。喫茶店で新聞でも読もうかと思ったが、いつも行く店は定休日だった。ほらね、と彼は思った。曜日が一つ失われたことで微妙に生活の歯車が噛み合わなくなってしまうのだ。

肩を窄めて歩いていると、路地裏の雑居ビルの二階に気になる看板を発見した。

クラシック・ホームズ探偵事務所
名探偵があなたのお悩み解消致します！

イングリッシュモンキーはそれまでのところ、この手の人種にお世話になった経験はなかった。だが、それは悪くない思いつきであるように思われた。少なくとも医者に行くよりはずっと好い。蛇の道は蛇。彼らであれば、あるいはこの俺のいま現在の苦境を理解はしてくれるかも知れない。

イングリッシュモンキーは陽の当たらないそのビルの階段を昇って二階にある一枚の鉄製の扉の前に立った。そこにも陽は差し込んでいなかった。天井の角にきれいな蜘蛛の巣が張っていた。扉の上には小さなプレートが掛けてあり、その上に看板の文字と同じ書体で「クラシック・ホームズ探偵事務所」と記されていた。さらにその下には豆粒の如く小さな文字で「相談無料」と書いてある。

イングリッシュモンキーは古い約束に導かれるようにして、その扉を叩いていた。がんがんという音が響いた。

「入ってくれ」という男の声が中から聞こえた。

それで。イングリッシュモンキーはノブに手をかけ、頑丈そうな重たい扉を押し開けたのだ。

その部屋の中にいたのは、とても小さな紳士風の男だった。その男は奥のデスクの向こう側に腰かけていた。そのデスクは百メートル以上も先にあるような気がした。遠近感が狂っている。なんだいこりゃ？　虫眼鏡が要るね、と彼は思った。

デスクの手前には来賓用のソファーとガラスの四角いテーブルがあった。テーブルの上には数冊の雑誌と本日の新聞と円いガラスの灰皿が乱雑に積み上げられていた。

「やあ」と小さな男が遥か遠くからイングリッシュモンキーを見て言った。

「あんたが名探偵？」とイングリッシュモンキーは入口のドア・マットの上に立ったままで言った。

「そうだが、何か？」と小さな男が言った。「私がクラシック・ホームズだ。この探偵事務所を運営している。相談かね？」

イングリッシュモンキーは顎を引いた。

「かけたまえ」とクラシック・ホームズは言った。

イングリッシュモンキーは歩いてソファーの上にどさりとかけた。ぎしぎしという不気味な音が部屋中に響いた。

「ワトソン博士の姿が見えないが？」とイングリッシュモンキーは言った。

「彼は今、外出している」とクラシック・ホームズは言った。「正確にはワット博士だ。私の相棒は」

その部屋には小さな窓があったが、外側には隣のビルの壁が迫っていた。著しく陽当たりを欠いた部屋だった。その分賃料が安いのだろうとイングリッシュモンキーは推測した。きっと。

「で、相談というのは？」とクラシック・ホームズが言った。

「消滅したこの俺の土曜日を探している」

クラシック・ホームズはか細い指先できれいに整えられた口髭を撫でた。

「ほうほう」

「土星人たちがある日それをかっさらってしまったんだ」とイングリッシュモンキーは言った。「それ以来この俺には土曜日だけがやって来ない。金曜日が終わると、そこはもう日曜日なんだ。土曜日を取り戻したい。どうしたら好い？」

「難題だね」とクラシック・ホームズが肘掛けの上に前腕を乗せてゆっくりと仰け反るようにした。「そいつは実に難しい問題だ」

「あんたでも無理か？」

「まさか、まさか」

「どうにかできるのかい？」

「もちろん、もちろん」

「どうすれば、」と言って、イングリッシュモンキーが腰を浮かせかけたところで、クラシック・ホームズが鋭くそれを制した。

「おっと。悪いがここからは相談の範疇を超えている。別に料金が発生するが、それでも好いか？」

「幾らだ？」

「税抜き一時間六〇〇円。加えて必要経費は別途請求となる」

「必要経費って、どんなのだ？」

「ガソリン代、チップ、変装用の衣装代。そんなとこだ」

「あんた、車に乗るのか？」と彼は訊いた。

「自転車だ」

「前の車輪だけがやたらと大きいやつだな？」

「ちゃんと補助輪も付いている」とホームズは答えた。

　イングリッシュモンキーはポケットの中の小銭を集めて六六〇円をテーブルの上に置いた。

「差し当たって、あんたの一時間を売ってくれ」と彼は言った。「ここからは無駄口を叩くなよ？」

「あんたのドライブに付き合ってやっただけさ」と探偵は答えた。

「仕事の話をしろ」

「好かろう」

「話の続きだ。どうすれば奪われた土曜日を取り戻すことができるんだ？」

「簡単なことだよ」と探偵は言った。それからまた彼の自慢の口髭を撫でた。「土星人の居場所を突き止めて、盗まれたあんたの土曜日を取り返してくれれば好いだけさ」

「そこに、この俺の土曜日があるのか？」

「そうだよ。私は逐一この街のブラック・マーケットを監視しているのだが、今のところ猿の土曜日が売りに出されたという記録はない。つまり、連中はまだあんたの土曜日を持っている」

「どこにあるんだ？　この俺の土曜日は」

クラシック・ホームズはそこで優雅に肩を竦めた。それから言った。

「土星人たちのアジトだよ」

「どこだ？」

「わからん」

「わからないのか？」

「今はまだわからんということだ。ここからが探偵の腕の見せ所だ」

「やってくれるか？」イングリッシュモンキーは訊いた。

「金はかかるぜ？」と探偵は言った。

「金なんて幾らかかったって構わん」とイングリッシュモンキーは言った。「土曜日のない人生なんて、真っ平御免だ」

「確かにな」とクラシック・ホームズは言った。「土曜日には他の曜日にはないスリルがある。日曜日なんて腑抜けのコーラみたいなもんだ。土曜日がなければ週末は悲惨だよ」

「あんたに頼むよ」とイングリッシュモンキーはソファーの上で左右の指を組み合わせなが

ら言った。「これは正式な依頼だ。連中の居場所を突き止めてくれ。そこまでやってくれたら、後はこの俺が自分で踏み込む」

「本当に、それで好いんだね？」とクラシック・ホームズが言った。

「猿に二言はない」とイングリッシュモンキーは言った。

探偵事務所を後にして街の上に出てみると、太陽は微かに西へ傾いていた。季節はすっかり秋へと様変わっている。道ゆく人々は丈の長いコートを羽織って、薄く引き延ばされた自身の影を引き摺るようにしながら歩いていた。街路樹の枝から黄色の葉が落ちて、それが足首にかさかさと絡んでいた。

今日はいったい何曜日だろう？　ふと、イングリッシュモンキーは考えた。土曜日を失くして以降、彼は曜日の感覚には無頓着に生きてきた。それについてくよくよ考えまいとしていたのかも知れない。

サークル式の交差点の真ん中で、イングリッシュモンキーは周囲をぐるりと見渡してみた。

誰か、この俺にそれを教えてくれないか？

しかし。いくら彼が猿だからといっても曜日を訊ねるわけにはいかない。そんな真似をやらかしたら笑い者にされるのが落ちだ。

「すみません。今日は何曜日でしたっけ？」と彼は訊く。

「あら、お猿さん」と誰かが言う。「今日は月曜日よ。けれどそんなこと、あなたに関係あるかしら？」

「大いに」

「どうして？　あなたには学校も仕事もないでしょう？」

「だからといって曜日の概念が不要だということにはならない」

「ふうん」と言って、そのご婦人は眉をひそめることになる。彼女の心の声が聞こえる。変わった猿ね。

こんなやり取りを想像するだけで猿の気は滅入った。後はあの場末のへっぽこ探偵の活躍に期待するしかない。こうしている今にも料金は発生しているのだ。

道の向こうに赤いペンキで塗られた古い電話ボックスが見えた。大昔からあの場所に立っている。人々が携帯電話を持つようになった後でも土地の古老のようにそこから退こうとはしない。誰かが自分を見つけて話しかけてくれるのを辛抱強く待っている。その誰かが今は自分だということにイングリッシュモンキーは気がついた。注意して道を渡り、ドアを開けて中へ入った。コインを入れて、ボタンを押して、探偵事務所の番号へかけた。すぐに回線が繋がって、向こうからホームズの声が聞こえてきた。

「誰だね？」

「ビーフ・オア・チキン？」とイングリッシュモンキーは言った。

「ビーフ」

「仕事は順調か?」

「まだ始まって間もない」と探偵は不機嫌そうに答えた。「こき使うな」

「なるべく早くどうにかしてくれ」

「今、どこにいるんだ?」

「サークルのそばの電話ボックスだ」

「ああ、あそこね」

「何をしている?」

「パイプに葉っぱを詰めている」と探偵は落ち着き払って答えた。「だいぶ、目鼻がついてきたろ?」

「仕事をしろ」とイングリッシュモンキーは言った。「お願いだから、あんたの仕事をしてくれ」

「どんな?」

「ふざけているのか?」

「冗談だよ」とホームズは言った。「仕事ならしている」

「どんな?」

「土星人たちの行きそうな酒場に使いを寄越してある。見つけたらすぐに私のところに連絡が来る。そうしたら私が行って後を尾ける。それで連中のアジトが判明する。そこまでで好いんだったよな、たしか？」

「十分だ」とイングリッシュモンキーは言った。「結構やるな？」

「この街じゃ古株だからね」と面白くもなさそうにホームズは言った。「何かと融通が利くのさ」

「その調子で頼む」と彼は言った。

「言われなくたってそうするさ」と探偵は言った。

「ついでにもう一つ訊いて好いか？」

「何だ？」

「どうして土星人どもはこの俺を狙ったんだ？」

間があった。やがて声が聞こえた。

「そりゃ、あんたが土星人だからだよ」

「そうなのか？」とイングリッシュモンキーは驚いて聞き返した。それまでのところ、彼は自らの出自について真剣に考えてみたことはなかった。

「知らなかったのか？」

「恥ずかしながら、そうだ」と彼は答えた。

「土星人は同じ土星人からしか物を取れないんだ。惑星学の基本だろ」という声が聞こえた。

「学校で習わなかったのか？」

「猿に学校はない」と彼は言った。

「こりゃ、失敬」

「ということは、この俺の土曜日を買うのも土星人なんだね？」とイングリッシュモンキーは言った。

「そうとは限らない」と探偵は告げた。「買うのは誰でもできる。けど心配するな？　猿の土曜日を買うような酔狂な金持ちはそうはいないよ。それは所詮人間のための土曜日の代替品にしかならない。単なるコレクターズ・アイテムだ」

「それも学校で教えてくれるのか？」とイングリッシュモンキーは少し傷ついて言った。

「いや。これは生き抜いていく上での知恵のようなものだな。学校では教えてくれない。そんなことを教える教師がいたら、そいつは間もなくクビになる」

「わかった」

「無闇に電話をかけて来るな」と探偵は最後にそう釘を刺した。「連中はあんたのことを見張っているかも知れないんだ。私と通じていることが知れたら仕事がやり辛くなる」

「すまん」

「何か判ったら、こっちから連絡する。それまでは大人しくしてな」

「そうする」

ボックスの外へ出ると太陽はまた少し西へと傾いていた。時間は刻々と経過していく。この俺も、みんなも、そうやって少しずつ年老いていくのだ。

十分後。

イングリッシュモンキーは同じ通り沿いにあるコーヒーショップの二階にいた。彼の目の前はガラス張りの壁であり、そこからは暮れていく街並がよく見晴らせた。タバコを吸いたかったがこの店は全面禁煙だったので猿は手持ち無沙汰だった。土星人たちは今夜どこかの酒場に姿を現すだろうか、と彼は考えてみた。それは曜日にもよる。しかし今の彼には今日が何曜日なのかを知る術はなかった。それで仕方なしにカプチーノの白い泡を口の周りにべったりと付けながら外の景色を眺めていた。

「お猿さま」と誰かが言った。

振り向くと、そこに若い女性のバリスタが立っていた。

「何だ？」とイングリッシュモンキーは言った。

「コーヒーのお代わりはいかがですか？」

彼女は琥珀色の液体がなみなみと注がれたコーヒー・ポットを手にして立っていた。「今度新しく入荷した豆なんです。宜しければサーヴィス致しますわ」

「有り難いね」と彼は言い、いつもそうするように、上を向いて顎を大きく開けてやった。

「あの、お猿さま？」

「何だ？」

「うがいは洗面所でお願いできますか？」

「飲むんだ」とイングリッシュモンキーは言った。「流儀だよ。さあ、そいつを注ぎ込んでくれ」

「熱いですよ？」

「構わん」

「そんな乱暴なこと、」と言ったきり彼女は固まってしまったので、イングリッシュモンキーは口を閉じた。それから俯いている娘に向かってやさしく声をかけた。

「なら、仕方がないな」

「すみません」

「育ちが好いのさ」

「飲まないの？」

「今はね」

彼女は困ったような、はにかんだような表情を浮かべてポットを手にして立っていた。オリーブグリーンのエプロンには染み一つ付いていなかった。午後の光がガラスの壁にぶつかって儚く散った。

店の中は琥珀色だった。あらゆる物たちがその色によって染め抜かれているように観えた。熟練の職人たちがそれをやったのだ。塗り残しはどこにもなかった。

「ところで。きみたちは何曜日が休みなんだ？」と彼は訊いた。「この店、定休日がないだろう？」

「みんなで順番にお休みするんです」と彼女は答えた。「シフトで」

「ふうむ」と猿は唸った。「そういうのって不便じゃないか？」

「特には」

「そうか」と彼は言った。

「あの、もう行っても好いですか？」

「好いよ」

彼女が行ってしまうと、イングリッシュモンキーはまたしても一人きりで取り残されてしまうことになった。自分がこの街の余分な一名であるような気がした。この俺はたしかに大昔からこの街にいる。でもそれだけだ。学もなければ金もない。おまけに土曜日までなくなってしまった。可笑しな流儀で新しくこの街に住み着いた善良な若者たちを困惑させている。

「なんてこった」とイングリッシュモンキーは呟いた。

邪魔なのは、この俺の方なのだ、と。

その日の夜遅く。

イングリッシュモンキーは家の電話から探偵事務所へ電話をかけた。電話はなかなか繋がらなかった。交換手が居眠りをしているせいだろうと彼は思った。ジジジジという不愉快な音が続いた。それからようやっと、誰かの声が聞こえた。

「はいはい？」

「ビーフ・オア・チキン？」とイングリッシュモンキーは言った。

「チキン」とその誰かが言った。

「あんた、誰だ？」

「サー・ワット」とその誰かは答えた。

「博士か？」

「うむうむ」

「ホームズはいるか？」と彼は訊ねた。

「彼はいま出かけている」と博士が答えた。「今宵は恐らく戻らん」

どこかの酒場に土星人が出没したのかも知れない、とイングリッシュモンキーは考えた。

「それで？」と博士は言った。「おたくは誰だね？」

「イングリッシュモンキーだ」と彼は答えた。

「あんたか。土星人に土曜日を盗まれた猿って」

「そうだ」

「で、何の用だ？」

「しばらく旅に出ることにした」と彼は告げた。

「なんで？」

「この俺が邪魔だからさ」

沈黙。

「どこへ行くつもりだ？」

「メキシコ」

「なんで？」

「昼間コーヒーを飲み損ねたからだ」

また沈黙。

「まあ、それは好いや。その間も料金はかかり続けるが、それは構わないんだろうね？」

「それは構わない」と彼は言った。

「ホームズに伝えておく」と博士は言った。

「そうしてくれ」

「ところであんた、今日が何曜日か知ってるか？」とイングリッシュモンキーはずっと気になっていたことを訊いた。

「木曜日」

「学校でそう教わったのか？」

「さあな。大昔のこと過ぎて、もう覚えていない」

「あっちに土曜日があったら永住するかも知れない」と彼は言った。

「残念だが、その可能性はない」と博士は言った。「奪われた物は奪われた場所で奪い返すしかないんだ。それが原則だ」

「そうか」と言って、イングリッシュモンキーは深いため息を吐いた。

「ところで、おたく。金はあるのか？」と博士が言った。

「円ならないが、ペソならある」と彼は答えた。「それに飛行機は猿割が利く」

「初耳だな」

「あんたにも知らないことがあって好かった」

「とにかく。気が済んだら一刻も早く還って来てくれ？　ホームズはああ見えて忙しい。あんたの案件にばかり関わっているわけにはいかないのだ」

「有能なのかい？　奴は、実際のところ」

「当たり前だろう。でなきゃこんな都会で独りでお城を護っていくことができるものかね」

「落城寸前って感じだったがな……」昼間見たオフィスの内観を思い出しながら、彼は言った。

「ホームズを信じろ？　あいつはひとかどの男だ。あんたの問題もすぐに片が付く」

「かもね」

「好い旅を」と博士が言った。

「次の土曜日にまた会おう」とイングリッシュモンキーは言った。

　空港まで向かう道はひどく混雑していた。イングリッシュモンキーはタクシーの後部座席に腰を沈めて一向に動きだす気配のない車窓からの景色を眺めていた。やれやれ。これじゃ搭乗手続きに間に合わないいや、と彼は考えた。メキシコ便は二日に一回。それも真夜中にしか飛ばない。

　タクシーの運転手は無口な男でハンドルを握り締めたまま微動だにしなかった。職務に忠実な男なのだ。

「いっそ、エンジンを切って後ろから押したら？」とイングリッシュモンキーは言った。

「違いないですね」と運転手は答えた。

　それから、まただいぶ間があった。

　車列はのろのろとしか進まなかった。

「明日の朝、あんたとモーニング・コーヒーを飲むハメになりかねない」とイングリッシュモンキーは呟いた。

「違いないですね」と運転手が言った。

「裏道はないのか？」

沈黙。

「聞いてる？」

「ありますよ」と運転手は言った。

「なぜ使わない？」

「あんまり好い道じゃないから」

「どういう意味だ？」

「そういう道があるんです」と運転手は言った。「使えばその分運が落ちるとでも言うのかな。早くは着けるが失う物もある。世の中、無料で手に入る物はない」

「学校でそう教わったのか？」と彼は言った。

「まさか、まさか」と言って、運転手の男は、はじめて笑ったらしかった。車が滑るように数メートル前へ移動した。「数多い失敗から学んだんですよ。賢くなるというのはそういうことです」

「お勉強することじゃなしにか？」

「まあ、そういうことです」

イングリッシュモンキーはそれを聞いて救われたような気がした。己の無学を殊更に恥じる必要はないのだと。それに彼が学校へ行けなかったのは猿のための学校がなかったからであり、彼自身の責任ではないのである。

「ほうほう」と彼は言った。「もう少し詳しく聞かせてもらえないだろうか」

「こんな話を？」と運転手は驚いたように聞き返した。

「面白いよ」とイングリッシュモンキーは言った。「示唆に富んでいる」

「そうだなあ……」と言って、運転手は何かを考え込んでいた。やがて言った。「運というのは目には見えないが、その実われわれの人生を大きく司っている。風のようなものだ。追い風もあれば逆風もある。それが幸運や不運となって人生に襲いかかる。大切なことはいま現在の風向きを見定めて、進むのか？　戻るのか？　はたまたその場所でじっと耐えるのかを選択することなんです。そうやって少しずつでも前へ進もうとする。しかし現実にはもう少し複雑で、世の中には他人の運を吸血鬼のように吸い取ってしまう人間がいるんです。苦労して少しずつ貯めこんだ運を呆気なく奪い去ってしまう。そういう手合に出会ってしまったら即刻逃げなければいけません。そこではもう方位の問題は二の次です。鬼からなるべく遠ざかるということだけ」

「吸血鬼？」

「そう」

「怖いな？」

「ええ」

渋滞は一向に解消されなかった。車のヘッドライトがバイパスの上を隙間なく埋め尽くしていた。ラジオの交通情報も状況が絶望的であることを通告していた。どこかでストがあり、そのせいで道が遮断されている、とお姉さんが言っていた。今夜のメキシコ便は諦めなければならないかも知れない、とイングリッシュモンキーは考えた。

「裏道を使いますか？」と運転手が言った。

「この道で好いや」と彼は言った。

ようやく。空港に辿り着くと、メキシコ便の搭乗手続きは締め切られる直前だった。猿は旅行鞄を手にしてぺたぺたと走った。カウンターにいた案内係の太った女が彼の姿を目にして面倒臭そうに手を振った。さっさと乗れ、ということらしい。ロビーには他に人影はなく、「メヒコ、メヒコ」というアナウンスだけがむなしく鳴り響いていた。

機内はがらがらだった。イングリッシュモンキーはチケットに記された番号を頼りに自分の座席を探り当てた。右翼側の最後尾の三人掛けシートの真ん中が彼の席だった。窓側には妙になまめかしい着物姿の若い女が座っていた。白いうなじが見えた。女は物憂げに窓の外の暗闇を見つめていた。

何だってこんな風に空いているのに、この俺とこの女が隣り合って座る必要があるのか、とイングリッシュモンキーは思った。しかし割引料金で乗せてもらっている以上はあまり強気の態度にも出られない。仕方なしに、彼は自分の席に着いた。それからシートベルトを締めて、静かに出発の時を待った。

女は猿には無関心な様子で窓の外に視線を向けていた。女の着物は浅い萌黄色で生地の上では朱色の金魚がそよろそよろと泳いでいた。イングリッシュモンキーは何となく落ち着かない思いを味わいながら、なるべく女の方は向かないようにした。新聞でもあれば好いがなと彼は考えた。

飛行機は真夜中に離陸して上空での安定飛行に入った。客の数が少ないので乗務員たちは暇そうだった。臨席の着物女は何回も彼らを呼んで、その度にトマトジュースのお代わりを要求していた。いっそのこと彼女の前にボトルごと置いてやれば好いのに、とイングリッシュモンキーは考えた。

「ねえ」とその女が声をかけてきた。

「何だ?」とイングリッシュモンキーはそっちへは向かずに声だけを投げ返した。

「飛行機の中で飲むトメィトジュースってさ、他所で飲むよりもずっと美味しいとは思わない?」

「考えたこともない」と彼は答えた。

「あんた、トメィトジュースは嫌い?」

「好きでも嫌いでもない」

「飲んでみなさいよ？」

「嫌だ」

「なんでさ？」

「おしっこが赤くなる」

「キャハハハハッ！」という耳障りな笑い声が響いた。「面白いお猿さんだわね」

「おい？　あんまり大きな声を出すな」とイングリッシュモンキーは言わなければならなかった。

「なんでさ？」

「眠っている人がいるかも知れん」

「どこにいんのさ」と言って女は首を伸ばして前方を見渡した。「今ここにいんのは、あたいとあんただけだわよ」

「とにかく、今は真夜中だ。夜ふけに大声を出すな」とイングリッシュモンキーは言った。

女が軽く肩を竦めたのが気配でわかった。

「あたいはね。飛行機に乗ると、どうしようもなくトメィトジュースが欲しくなんのよ。これがないと長旅に耐えられないようにできてんの。地上にいる時にはそうでもないんだけどさ」などと女は言った。

「気圧の問題かもな」と彼は言った。「味覚が微妙に影響を受けるんだ」

「へえ、あんたって物知りね？」

「まあな」

「じゃあ、こういうのも知っている？」と言って、女が猿の方へ振り返り、その胸もとに屈み込んだかと思うと次の瞬間には彼の首すじに鋭い歯を突き立てた。

「何をする？」

女の牙が皮膚の上からさらに強く食い込んでくるのが感じられた。全身から力が抜けていくのがわかったが、どうすることもできなかった。声を出して助けを呼ぶこともできない。薄れゆく意識の中で最後に女の声だけが聞こえた。

「あたいは吸血鬼だったのよ。悪いけれど、あんたの血を少しばかしちょうだいね？」


そのころ。

クラシック・ホームズは酒場にいた。そこに土星人がいるという情報が入ったのだ。土星人は二人組だった。カウンターの端で一皿のピーナッツを分け合いながらウイスキーを飲んでいた。

ひと目見て、それが土星人であることがホームズにはわかった。彼らには首がなく、頭は胴体の真上に浮かんでいて完璧な球体を保っていたからだ。おまけにその球体をぐるりと取り巻くように青紫色の煙のような輪っかがぷかぷかと漂っていた。

土星人だ。

ホームズは入口近くのスツールの上に腰を落ち着けた。マスターは古くからの馴染みの男で、彼が現れるとすぐに近寄ってきてくれた。

「いつからだ?」と声を潜めてホームズは訊いた。

「最近だよ」マスターも小声で言った。「時々来る。大抵は二、三杯飲んだら、満足して帰る。金払いは悪くないよ」

ホームズは軽く顎だけを引くようにした。それから万札を一枚叩いて、自分の分の酒を頼んだ。

「毎度!」とマスターがわざと聞こえるように大声で言った。

二人組の土星人は小声でぼそぼそと何事かを話し合っていた。ホームズはそれと悟られぬように聞き耳を立てた。

「トンネル」と一人が言った。

「催眠」ともう一人が言った。

それから二人は順番に皿の上のピーナッツを齧った。

「ツイスト」と一人が言った。

「生還」ともう一人が言った。

それから二人は順番に皿の上のピーナッツを齧った。

ホームズはマスターを呼び寄せた。

「いつも、あんな感じなのか？」

「まあね」

それから土星人のうちの片方がうとうととし始めた。もう片方は不満そうだったが、しぶしぶ席から立ち上がった。眠りかけた相棒に肩を貸してやり、二人分の飲み代を払って、店の外へ出ていった。

ホームズも立ち上がった。

「行くのか？」とマスターが訊いた。

「ここからが本番なんでね」と彼は告げた。「さて、と。お宝の在り処まで案内してもらうとしよう」


気がつくと、イングリッシュモンキーは独りだった。女は消えていて、彼女の残り香も絶えていた。猿には時計を身に付ける習慣がなかったので、自分がどれほどの間気絶していたのかわからなかった。代わりに彼は乗務員を呼んで、こんな風に訊いた。

「ここで浴びるほどトマトジュースを飲んでいた、あの女はどこへ行ったんだ？」

中年の客室乗務員は不思議そうに首を傾げた。猿の言うことが心底理解できかねる、といった感じで。

「席を移ったのであればお隣さんが危険なのだ」と彼は尚も訴えたのだが、相手は軽くいなすように笑みを浮かべただけだった。それから言った。

「お疲れのようね。でも大丈夫。当機はまもなく目的地へと到着致しますわ」

彼女の後ろ姿を見送ってしまうと猿にできることは何も残されていなかった。女に噛まれた首すじがちくちくと痛んだ。ということは、これは夢ではないのだ。この飛行機には吸血鬼が乗っている。そして自分は彼女に血を吸われてしまった。それによって、何がどう変わったということもないのだが。

イングリッシュモンキーを乗せた飛行機がメキシコの上空で消息を絶ったのは、それから五時間後のことだった。その旅客機はレーダーの上から忽然と消滅してしまったのだ。通信は三回あって一回目は「砂漠」。二回目は「蝙蝠」。どちらも副操縦士の声だった。最後の通信だけは機長からのもので「土曜日は琥珀色」。その意味は誰にも理解されなかったし、いまでもまだされていない。わかっているのはこれにより、今度こそ本当にイングリッシュモンキーが消えてしまったという事実のみである。彼にはとうとう次の土曜日は訪れなかったのだ。

＊

いた。

デスクの上にはメキシコ上空で消滅した旅客機の快事件を報じる土曜日の朝刊が広がっていた。

「なんて運の悪い猿なんだ！」とクラシック・ホームズは叫んだ。

「まあ、そう憤るな」というサー・ワットの声が奥まった簡易キッチンの床の上から聞こえてきた。その声とほぼ同時にコーヒーの香ばしい匂いが部屋中に広がった。「猿には猿の事情というものがあるのだよ」

「なんでまた旅になんて出ることにしたんだ？」とホームズは声の主に向かって訊いた。

「さあな」

「なんでメキシコなんだ？」

「コーヒーを飲み損ねたとか何とか……」

博士がカップを二つ手にして部屋の中ほどに現れた。どちらのカップからも白い湯気がもくもくと立ち昇っていた。博士はそのうちの一つをホームズのいるデスクの角にぴたりと置いた。代わりに彼は空いた方の手でデスクの上の朝刊を摘むように取り上げた。

「まあ飲めよ？　朝は一杯の美味しいコーヒーから。美しき人生の法則だ」

ホームズはカップを一瞥はしたものの、まだ何か言い足りない様子でぶつくさと不平を垂れていた。

「折角。苦労して土星人たちのアジトを突き止めてやったというのに、これじゃ全くの徒労じゃないか……」

ワット博士はホームズに正対するようにテーブルを回り込んで、ソファーの上にふわりとかけた。それから自分のカップに口をつけて満足したように肯いてみせた。

「好い豆だ」

ホームズはまだ気が収まらないらしかった。

「たったの六六〇円じゃ、まるで割に合わないぜ。畜生」

一枚しかない窓枠にはブラインド・シャッターが降りていた。それがなくとも陽は差さないのだから、大した違いはないのだが。

「それにしても、土曜日は琥珀色とはどういう意味だろうね?」と手にした新聞に目を落としながらワット博士は呟いた。

「土曜日にはコーヒーよりもウイスキーを飲めということさ」とホームズは毒づいた。

「土星人どもはそれについて、何か言ってなかった?」と長い脚を器用に組み替えながらワット博士はホームズに訊ねた。

「何も」という素っ気ない返事が返ってきた。「捕まえたわけじゃないからね」

「ふうむ」と博士は唸った。「どうにも解せない事件だな」

「それも、もう終わった」とクラシック・ホームズは諦めたように声を絞りだした。「また当面はこの通りの貧乏所帯だ。博士、よろしく頼むよ？」

電話のベルが鳴り響いたのは日曜日の夕方過ぎのことだった。

クラシック・ホームズは肘掛け椅子の上に寝そべってうとうとと微睡んでいた。腕を伸ばして受話器を持ち上げると、向こうからくぐもった声が聞こえた。

「……ビーフ・オア・チキン？」

「猿だな！」と言って、ホームズは椅子の上で飛び跳ねた。「どこにいるんだ？　そこはどこだ？」

「トンネルの中だ」という声が聞こえた。

「トンネル？」

「ああ。メキシコ人たちと一緒に国境を越えるためのトンネルを掘っている。掘っても掘っても出口が見えないんだ」

「なぜ、そうなる？」

「この俺にも、それはよくわからないよ」と哀しそうに猿は言った。

「それで、どうなるんだ？」

「運好くアメリカまで辿り着けたらステーキハウスの厨房で皿洗いの職に就けるかも知れない。さらに運が好ければ途中で金塊を見つけられるかも知れない。さらに度外れて運が好ければ、このままマントルを突き破って、そっちへ帰還できるかも知れない」と猿は言った。

「運が悪ければ？」とホームズは訊いた。

間があった。

やがて猿は言った。

「考えたくもないね」

「とにかく戻って来い！」とホームズは勢い込んで言った。「お前、まだこの私に六六〇円しか払ってないんだぞ？」

「あんたに何か頼んだっけ？」という声が聞こえるのと同時に回線が軋んで不愉快な音を立て始めた。

「なんだか眠たいんだ。どうしようもなく……。もう何日間も穴を掘り続けているような気がする」

「気をしっかり持て！」

回線が歪んで猿の声が伸びたり縮んだりした。

「どうした？」とホームズは言った。

「……猫カフェに行きたいんだ。猫ちゃんたちとおやつが食べたい」

「なんてこった！」とホームズは叫んだ。「ヤワになっていやがる！」

「……ダメだ。もう立っていられない。血が足りないんだ」

「しっかりしろ！」とホームズは叫んだが、その声が届くよりも先に回線は切れていた。

　それからしばらくの間。クラシック・ホームズは受話器を握り締めていた。入口のドアがぎぎぎと開いて、茶色い紙袋を抱えたワット博士が入って来た。

「どうした？」ホームズの顔があんまり青ざめているので、博士はマットの上に立ったまま、そんな風に訊ねた。「なにかあったのかね？」

「今しがた、あの猿から電話があったのだ」と言って、ホームズはまだ受話器を手にしていることに気がつき、それを置いた。

「どこからだ？」と博士は聞いたが、ホームズは力なく首を左右に振っただけだった。

「わからないよ。本人にもそこがどこなのか、わかっていないんだ」

「生きてはいたんだね？」と博士は念を押すように言った。

「幽霊の声には聞こえなかったが、すれすれってとこだな」

　博士はそこで一つため息を吐くと歩いていってデスクの角に立ち、紙袋からウイスキーの小瓶を取り出してホームズの前にかたんと置いた。それから言った。

「差し入れだよ、ホームズ」

「ありがとう。博士」

「猿の貸付分は諦めた方が好さそうだな？」

「そのようだ」

「宜しい」と言って、ワット博士は微笑んだ。「それでこそ我らが名探偵殿だ。依頼は他にも沢山届いている。捌き切れんくらいにな」

「相手は人間だろうね？」とホームズは言った。

「さる財閥のご令嬢だよ。失踪した兄の行方を追っている」

ワット博士は懐中に手を忍ばせると一枚の写真を取り出して、小瓶の下に敷くようにそれを置き直した。

「それが、彼の肖像写真だ」

クラシック・ホームズはちらりと目を向けただけで写真には手を伸ばすことなく、代わりにふんと鼻を鳴らした。それから言った。

「この街に？」

「よく似た男の目撃情報がある」と博士は答えた。

「ずいぶん若いが？」

「いずれは財閥を継ぐ男だ。今のうちに唾を付けておけ」

写真に映っていたのはテニスプレイヤーさながらによく陽焼けした、まだあどけない顔つきの男だった。

「放っておいてやれば？」

「そういうわけにはいかないのだよ」

博士はデスクの角から離れて灰色のブラインド・シャッターの前に立った。その向こうには汚れた壁が立ちはだかっている。どこに立っていたところで、どのみち逃げ場はないわけだ、と彼は明晰な方の頭脳を使って考えた。できることはせいぜいが知恵を振り絞って、いよいよ死ぬことになる最後の一瞬まで悪足掻きをし続けることだけなのだ、と。

「やれやれ。こんな下界に何のご用かね？」というホームズの声が聞こえた。「家におれば何だって手に入るだろうに」

「前金はもう振り込まれた。かなりの額だ。明日の朝九時に依頼人が直接ここへ訪ねて来ることになっている。後は彼女の口から詳しい事情を聞いてくれ」と博士は言った。

それから。二人の男はどちらも、もう何も言わなかった。一人は猿のことについて考え、もう一人は消えてしまった旅客機のことを考えていた。どちらもこの世界にはもう留まってはいないものたちだった。彼らは結局のところ、消えたくて消えたのだ。そういうものたちを探し出すことは、どんな名探偵にもできはしない。

窓の外では日が暮れたらしかった。ブラインド・シャッターの隙間から夜の風が忍び込んできた。週末の残り香だ。都会の夜のむっとするような喧騒と猥雑。どこへも行けず、そこにしがみついている男と女の匂いがした。

この夜が明けてしまったら、また例の憂鬱な月曜日がやってくる。

「穏便に頼むよ？　相手が相手だからな」と最後に博士はそう言って、ホームズの方へ振り向いた。

名探偵は肘掛け椅子の上で週末の最後のウイスキーに口をつけていた。

古い約束

Minor Poet

僕の友人に若い頃、ストーカー被害にあった男がいる。

その友人は関西出身で、僕と彼とは学生時代に同じサークルに所属していた。この、テニス・サークルなるものを形成していたかつての仲間たちには魅力的な人が多かった。彼もまた、そのような人たちのうちの一名であった。極めつけの一名と言っても好いかも知れないと言っても、容姿が特別に優れている、だとかそういう意味ではない。何ともいえず、魅力的なのだ。そう思ったのは僕だけではなしに、サークルの他の連中もみんな、彼のことは慕っていた。それと同時に一目置かれてもいた。二浪していたので現役生だった僕とは歳が二つ違ったわけだけれど、それ以上に僕と彼とでは人間としての成熟度が違うような気がしていた。僕が関東のニュータウン育ちであるのに対して、彼が古都の出身だからなのか。本気でそう考えてみたこともある。

彼の実家は京都にある老舗旅館で彼はそこの跡取り息子だった。父親は婿養子で、結婚前には大手のホテル・チェーンでやり手のホテルマンとして腕を鳴らしていたらしい。この彼のお父さんという人が元々の旅館とは別に滋賀県にもホテルを作って、そこの経営もしているということであった。そのような事情もあって父親は厳しく、母親は天真爛漫な人柄であると聞かされた。彼は僕の目から見ると、その両方をちょうどバランスよく兼ね備えているように観えた。甘やかされて育ったわけではなく、それでいながら懐が深くて物腰には常に余裕が感じられるのである。大学生というのは社会においては案外と中途半端な年代で、学生時代の甘さを引きずりながらも心の底ではもうすぐそこまで迫っている実社会というものに本能的に怯えているものである。僕なんかはその典型で、ここを出たらその先は弱肉強食の世界なのだから、今のうちに少しでもそこで生き抜いていくための足掛かりを作っておかなければ、とそればかりを考えていたような気がする。僕らの時代は就職氷河期であったから前時代のお気楽な雰囲気はもうどこにもなかった。このままエレベーター式にどこかの会社に就職して給料と年二回のボーナスを貰い、年に一度は海外旅行に行って三十の手前で適当な誰かと結婚し、子供を作って家のローンを組んで……というような計画は立てられなかった。

まあ、それは好い。この友人はそのように大らかでありながらもシビアな洞察力も持っていた。そして（これは後になってから判ることなのだが）案外ガッツと健全なる野心を持ち合わせてもいた。それをわざわざ表には出していなかったというだけのことだ。このあたりは彼の口にする京都弁のはんなりとした柔らかさも一役買っていたように思う。僕らはその当時には一号館と呼ばれていた旧校舎の一階にある学食の一角に「溜まり場」と呼ばれるテーブルを持っていたのだが、ここに行けば大抵は彼らがいて、同じくサークル仲間である、この僕のことも快く出迎えてくれた。そこでの会話には今から思えば意味のあるものは何ひとつと言って好いほどに含まれてはいなかったのだが、とにかく、そこにいることは楽しかった。その輪の中心にはいつも彼がいて、年長者の余裕でもって一同を纏め上げてくれていた。だから、みんなが、そこでは平等であり、気兼ねなく寛いで、同じ受験戦争を乗り越えてきた後の束の間の猶予期間を存分に味わうということも出来たのだ。

さて。いよいよストーカーの話になるわけだが、その彼が被害に遭うことになるのは大学を卒業してから数年後のことである。その際には彼はもう東京を離れていた。卒業して最初に勤めたのはとある大手の外食チェーンで、そこでの仕事はまさに地獄だという話を僕は何かで聞いていた。朝から晩までハンバーグや目玉焼きを焼いて、休みは殆ど取れず、心身ともに極限まで追い詰められるという話だった。それを聞かされて、僕はどこの業界も大変なんだなあ、と思っただけだった。当時はこんな話ばかりが僕の周りにわんさかと溢れていたものだった。実際、大変でない、仲間はどこにもいなかったような気がする。僕自身もうんと大変だった。今で言うところのブラック企業なのだろうが、そんなことは当たり前で、金を稼ぐというのはそういうことなのだと思っていた。今でも本音ではそう思っている。僕が進出したのは出版やゲームなどのエンターテインメント業界だったけれど、大手に勤めている若手社員だって、みんな肺に穴が空くほど働かされていた。終電で帰るのは普通で、時々は徹夜もしていた。もちろん、残業代はなしだ。いつでも時間に追われていて財布の中には誰の物やらわからない名刺がパンパンに詰め込まれていた。けれども同じ忙しいのであれば、まだしも好きな分野の仕事をしているだけマシだよなという風に考えていた。仕事自体は嫌いではなかったし、やりがいもあったからだ。もう少し分量を減らしてくれたら最高なのだが、そこまでの贅沢は言えない。だから家に帰ってもまだ仕事をしていた。自分が三人いてくれたら好いのに、と本気でそんなことを思ったりもした。

その彼が大手の外食チェーンを辞めたのは卒業してから三年ほどが経った後のことだったと思う。彼は将来的には実家のホテル業を引き継ぐ身の上だから、そこへと就職したのはあくまでも社会経験のためでしかない。いきなり家業へ入るのではなしに若いうちは他所で武者修行を積んで来い、というのは父親の方針であったようだ。そのあたりはまあ聞かなくとも想像はつく。そんなわけで。彼はそこで盛大にこき使われて、彼らが言うところの社会経験をひとつ積み上げ、次のさらなる苦役を探し求めて、しばし社会の中ほどで浪人することになった。そして実に久々に東京という土地にやって来ることになったのだ。

彼がその際の一時的な避難場所に僕の部屋を選んでくれたことは嬉しかった。狭い部屋だが二人くらいなら眠れないこともない。僕としても久々に大学時代の友人に会えるわけだし、積もる話もある。一晩くらいなら凍え死ぬこともないだろうということで僕は彼の申し出を快諾したわけである。

「すまんな？」と電話口で彼は僕にそんな風に謝ったと思う。その短い東京滞在中に幾つかの会社の就職面接を受けるということだった。僕も仕事が忙しかったので実際に会って話が出来たのは夜遅くに一緒に行ったラーメン屋での時間くらいだった。そこで彼は僕に対して、自分がストーカー被害に遭った話をしてくれた。

「怖いで」と彼は言った。「今でも、まだちょっと怖いもんな」

僕にはストーカー被害にあった経験はなかった。それがどんな気持ちのするもので、実際にどれほど怖いものであるのかは、それを経験した者にしか本当には解らないだろう。でも僕はその話を聞かされるまでは、その体験をかなり甘く見ていたような気はする。特にこちらが男性で相手の方が女性である場合には力ずくで何かをされるような心配もあるまい、という風に。

そこでラーメンを啜りながら彼の話を聞くうちに、ことはそう単純でもないのだな、ということがだんだんと解ってきた。彼のことを付け回していたのは彼が働いていた大手外食チェーンの経営するレストランにアルバイトとして来ていた女子高校生だった。彼は副店長のポストに就いていて、ほとんど休みなく店に出続けていた。昼も夜もハンバーグを焼いていた時代、真っ盛りの頃の話だ。

「好いじゃないか、それくらい」というようなことを僕は言った気がする。「可愛いもんなんじゃないの？」

「そんなことないで」と彼は言っていた。

「それは単に好かれるということと、何かが決定的に違うものなの？」と僕は訊いた。「体感として」

「全然違う」と彼は言った。

「どこが？」

「だってな。夜遅くになってようやく家に帰るやろ？　そしたら携帯が鳴んねん。で、出るとその子が『今、帰ってきたやろ？　電気が点いたから、わかんねん』って言うんやで。怖ない？」

「それは、ちょっと怖いな」と僕は答えた。

「ちょっとどころやないよ。ほな、経験してみいな。わかるから」

僕はそのような情景を想像しようとしてみたのだが、いまいち上手くそれに馴染むことが出来なかった。それは本当に、実際に経験してみなければわからない類の恐怖なのだ。

「最初はほんまに普通の女子高生やったんやで？　仕事も好くしてくれるし、おかしいところ、ひとつもないいねん。でも、いったんそうなってしまったら、もう話が通じなくなんねんな」

「こういうことは止めてくれ、って言ったの？」

「何遍も言うたよ」と草臥れきったように彼は言葉を絞り出した。

「でも、聞いてくれないんだ？」

「うん」

「警察には相談した？」

「いや、さすがにせえへんかったわ」

「なんで？」

「なんでやろな」

そこで。彼は笑ったのだが、僕は釣られて笑う気にはなれなかった。代わりに言った。

「要するに。一度そうなってしまうと、もう同じ対等な人間としては見られなくなるとか、そういうこと？」

「どうなんやろな」と言って、彼は首を捻った。「働いてる時とかは普通に見えんねんけどな。終わると、またそうなってしまうのよ。困ったわ……」

その口調があまりにも切実だったので、僕は彼のことが可哀相になってしまった。この人に対して可哀相だと思ったのは、この時が初めてのことだった。可哀相というのは彼にはもっとも似つかわしくない言葉だった。あらゆる意味合いにおいて。

「それで、会社を辞めたの？」

「いや。そういうわけでもないよ」と彼はすぐにまた生来の明るさを取り戻して言った。「そんなんがなくても辞めていたと思うわ。けどそれで、その問題ともおさらばできたわけやし、ほっとはしたけどな」

それから。店を出て、二人で暗いブロックを歩き抜け、当時僕が暮らしていた狭いマンションの小部屋に帰り着いたのだ。その晩彼は僕の部屋に泊まり、翌日には面接のためにそこを出て行ってしまった。僕は彼の話してくれたストーカー被害の実態について、僕なりに考えを取り纏めてみた。要するに。ストーカーというのは相手に対して過度に依存している状態を指して言うのだろうと僕は思った。愛するという行為との決定的な違いは、そこにあるという風に。

しかしながら。同時にこうも思った。愛するというのは多かれ少なかれ、相手に対して依存することでもあるのではなかろうか、と。誰かが誰かを好きなる。そして好きになった相手とは出来るだけ一緒にいたいと思う。そして、そうすることによって少しでも相手のことを深く知りたいと思う。そして自分のことだって、同じように相手に知ってもらいたい、と。そうやってわれわれは分かり合いたいのだ。本質的には。それと依存との境界線は極めて不鮮明であるように僕には思われた。世のストーカー被害がなくならないのはそのせいだろうなとも思った。そんな言葉が生み出されることになる遥か以前から、同様の現象は世界中の至る所で起きていたはずである。現在ではそれが法律によって規定され、度を越すと取り締まりの対象になる。それはもちろん好いことではある。が、それにより人々が誰かを好きになることや愛するということに対して臆病になってしまいやしないだろうか？　いま自分がしていることは恋ではなくてストーカー行為なのではなかろうかという疑問が現代を生きるわれわれには不可避的に降りかかることになる。その恋に一直線になる前に、その疑念を振り払うステップが新たに付け加えられたのだ（歯止め、と言った方が好いかも知れない）。それにはストーカー行為だと明確に区分されている衝動がどのようなものであるのかを正確に知っておく必要がある。人から言われて初めて気がついた、というわけにはいかない問題だからだ、これは。

その当時。実は僕には付き合っている恋人がいたのだが、その彼女の僕に対する構いっぷりもけっこうなものであった。それだけ僕のことを好いてくれていた、と言えば聞こえは好いのだが、今日は無理だと何度断っても家のすぐ前まで来て中に入れてくれとせがんだり、一度などは勤め先の事務所の前でも同じことをされたことがあった。これなんかも軽度のストーカーと言えなくはないんじゃないかと思うのだが、その彼によれば僕の彼女などはまだ可愛い方で、本当のストーカーというのはそれとは別物なのだということであった。たしかに僕はそうはされても、最後まで彼女のことを怖いという風には思ったことはなかった。面倒臭いなとか、少しはこっちの言うことも聞いてくれよ、とは思ったけれど、怖いとは思わなかった。となると、両者の間には何か決定的かつ本質的な差異があるのだろうと思うしかない。しかしながら（精神鑑定でもしない限りは）その差異は人の主観によってしか推し量れないということにもなる。ストーカーをストーカーであると断定出来るのは、終局はその被害者のみなのだ。

その彼はその後、無事に再就職先が決まった。今度は大手のコーヒー・チェーンだった。彼の任された店舗は渋谷にあったので、僕は一度そこへコーヒーを飲みに行ったことがある。現れた彼は明らかに草臥れ果てていた。なんだか見てはいけないものを見てしまったような気になった。なるほど。外食チェーンで働くというのはこういうことなのだ、と話で聞かされていたことが、どんな言葉や客観的な事実よりも、ひと目見ただけでありありとわかった。「こういう店は売上の心配はせんで好いから、その点は楽なんやけどな」とテーブルの上に散らばったままのカップを片付けながら彼は僕に言った。「でも、仕事はこの通り。大変やで」

それ以来。僕は昔の仲間たちの職場を観に行くというようなことはしなくなった。それが出来るような職種に就いている者が他にはいなかったということもあるのだが。たとえ行けたとしても行かなかったろう。われわれはもうかつてのような大学生ではないし、学食の溜まり場でいつまでもいつまでも無駄話をしていて好い年齢ではなくなってしまったのだ。

この前。実に久しぶりに東京のかつて暮らしていた界隈を訪れたことがあった。街並自体は古くも新しくもなっておらず、好くも悪くも東京だなと思っただけだった。特に懐かしさを感じるということもなかった。駅前を冷やかしただけで当時暮らしていたマンションの近所へまでは足を伸ばさなかったこともあるのかも知れない。僕はその場所に十五年間も暮らしていたわけだけれど、その間はずっと旅をしていたような気さえしている。そこに住み着いたという実感はない。それが東京のせいなのか、自らの根性のなさの故であるのかはわからない。

駅前の喫茶店でコーヒーを舐めながら、イングリッシュモンキーを待っていた。僕がそこへ行ったのは、久々に彼と再会を果すためであったからだ。少し遅れてやって来た彼は前に会った時と変わらぬ格好をしていた。ジーンズを履いて紺色の外国のサッカー・チームのロゴがプリントされた古いジャンパーを着ていた。首もとにはその同じチームのマフラーを巻き付けていた。

「寒いな？」と席に着くなり彼は僕にそう言って笑いかけてきた。それからブレンドを注文して、ジャンパーを脱ぎ去り、それを丁寧に折り畳んで隣の椅子の上にふわりと置いた。

「で、何だ？　用事って」とイングリッシュモンキーが僕に訊ねた。

「実は今、ストーカーについての話を書いているんだ」と僕は切り出してみた。

「ふうむ」と彼は唸った。

それから。運ばれてきたコーヒーにスプーン二杯分のシュガーを混ぜて、カチカチとカップの中身を掻き混ぜるようにした。

「甘そうだね」と僕はそれを見ながら言った。本当はそんなことは言わなくても好いのだが、猿のコーヒーはいつも甘過ぎるのだ。

「午後のコーヒーはこうやって飲むんだ」と彼は答えただけだった。それから小瓶のミルクもたっぷりと入れていた。「でないと寝つきが悪くなってしまう」

「カフェインの量自体は変わらないだろう？」と僕は言った。

「気分の問題だよ」と彼は答えた。それから出来上がった自分仕様のブレンドを旨そうに飲んでいた。

「それで？」と彼は言った。「ストーカーの話と、この俺と、どう繋がってくるんだ？」

「そうだった」と僕は言っていた。「僕にはいまいちストーカーと恋との境界線が観えないんだ。もちろん、両者がまったくの別物であるということはわかる。でも、それをどう伝えるのが最も正確で、かつ解り易いのかがわからない」

「つまり」とイングリッシュモンキーは言った。「あんたはストーカーが自らの対象に対して抱く感情と恋をしている者たちが相手に対して抱いている感情は、まったく別の感情だという風には思えないということか？　それは質の違いではなしに、あくまでも程度の問題なんじゃないかと考えている？」

「それも、ある」と僕は正直に答えて言った。「僕は相手に対する過度な依存状態がストーカー行為の本質であると思ったんだ。かつては、ね。つまり、恋というものは、たとえそれが燃え盛る最中にあったとしても、最後のところでは、そういう自身を御し切れる客観的な冷静さを伴っていなければ恋とは呼べないものであり、そこを越えてしまうと、それはストーカー行為へと転落してしまう、という風に」

「つまり。そこに生じている感情の正体は同じ一つのものだと捉えていたんだな？」とイングリッシュモンキーが言った。そういう彼の目つきが鋭さを増したのを僕は見逃さなかった。

僕は言った。

「君の意見が聞きたい。だからこうして、お伺いを立てに来たんだよ」

「あんたは間違っていると思うね」とイングリッシュモンキーは告げた。

「どこが、どんな風に？」と僕は聞き返した。

「そもそもの始まりからだよ。その二つの感情はまったく別のものだからだ。相手を烈しく求めるという点では同じように観えるかも知れないが、その本質はまるで異なっている。そもそも動機の出所が違う」

「もう少し詳しく教えてくれ」と僕は言った。

「恋というのは精神の働きなんだよ」とイングリッシュモンキーは言った。「つまりそれは人間感情の正しい発露だ。人が人を好きになる。恋をして相手と少しでも同じ時間を過ごしたいと願う。自然なことだし、それ故に美しい」

「でも。それって相手の時間を奪いたいということにもならないか?」と僕は訊いた。

「どうして?」

「どうしてって、相手にだって生活があるし、その人なりの人生もちゃんとあるんだから。相手がそれを望んでいないかも知れないのに自分は相手と一緒にいたいと願うのはわがままなんじゃないかな?」

「それが度を越すと、ストーカーになる、というのが、あんたの理論だったよな?」とイングリッシュモンキーは静かに言った。

「転落するんだ」と僕は言った。「恋に落ちる、って言うだろ?」

「それと、これとは、別物だよ」と彼は言った。

「どこが、どういう風に、別物なんだ?」と僕はもう一度、訊かなければならなかった。

「さっきも言ったろ?」と呆れたように彼は僕を見つめて言った。それからもう一杯。スプーンに砂糖を掬って、彼のコーヒーの中へ入れた。「恋というのは相手からは何も奪い去ることはない。恋はそんなことは望んでもいないからね」

「果たして。本当にそうだろうか?」

「もちろん。君たち人間の精神の構造は複雑に入り組んでいるからね。事はそう簡単には捌かれはしないだろう。しかし、その人間が誰かに本当に恋をしているのであれば、彼や彼女は最後には、自分がその相手から何も奪い去ろうとはしていないという真実に気がつけるはずなんだよ。そこにぶち当たるとでも言うのかな。自分がその人のことを好きであるという事実に心から満足出来るものなんだ。あるいは自分がそんな風に誰かのことを好きになることが出来たのだ、という事実にも。そして、そんな自分のことをそうなる前よりもずっと好きになる。それが恋というものの本当の素晴らしさなんだ、本来は」

「でも、事はそう単純ではないんだね？」と僕は言った。

「いつも、大抵はそうだな」と彼は言って、大きなため息を吐いた。「一度誰かのことを好きになってしまうと、その正体であるところの恋心に付随して、それ以外の諸々の感情が一斉に烈しく動き出してしまうものなんだよ。恋というのはそれほどの大きなパワーを秘めているものだから。そして、そういった感情の渦の中には善からぬ物も混じり込んでくることになる。それがあんたの言うところの相手の時間を奪い去りたいとか、究極的にはその相手のことを、徹頭徹尾余さず自らの物にしてしまいたい、という欲望に繋がってくるんだ」

「そして。気がつくと、相手に依存している？」

「依存か」と言って、イングリッシュモンキーはしばらく何かを考え込んでいた。「それはこの俺にはあまり好く解らない感覚なんだよな。この俺は何かに依存した経験がないんだ。猿というのは本質的に孤独な生き物だから」

「非情な生き物だね」と僕は言った。

「そういう言い方も出来る」と彼は答えた。「だから面倒なことには巻き込まれずに済むわけだ。しかし、これはこれで、寂しいと思うことはあるよ。正直に言って」

「さっきの話に戻るけど、君が言うところの恋心には一切の欲望が含まれていないということなんだね？」と僕は念を押すように言った。

「それが恋だ」と彼は言った。

「じゃあ、ストーカーと呼ばれる人種が彼らの対象に対して抱いている感情は恋心ではない。まったく別の感情ということか？　そういう、まだ名前も付けられていない依存感情がわれわれ人間の精神の中には含まれていて、たまたまそれに火が点いてしまった人間がストーカーとして現れるということなのかな？」

イングリッシュモンキーは愉快そうに首を振ってみせた。それから言った。

「ストーカー感情とかそういうことか？　あんたが言いたいのは」

「まあ、たとえば」と僕は肯いて言った。

「そんなものはない」と彼はきっぱりと言い切った。「この俺に言わせれば、世の中でストーカーと呼ばれている人々に共通しているのは、彼らには他ならぬ恋心が欠如してしまっているということだ。それがどこかの時点で抜け落ちてしまったんだ。中心にあって諸々の始まりとなっていたはずのものが、杭が朽ち果てて抜け落ちるように、すっぽりと抜けてしまったんだ。そして、後からそれに付け加わったはずの所有欲や果ては性欲といったものたちの方だけが生き残ってしまった。そういう状態にある者たちのことを指して言うんだ。彼らは何も特異な感情を有する、特異な人種であるわけではないんだ。つまり誰にでもそうなる危険性はある。あんたにも、な。恋した相手に対する恋心を失ってしまえば、その時にこそ転落が始まるんだ。それから人間精神の中には元々邪な物は含まれていない。それらの欲望の根源は肉体の方にある。さっき動機の出所が違うといったのはそういうことだ。しかし、精神と肉体というのはいつでも不器用に手に手を取り合っているものだから、どちらか一方の影響だけを受け続けるということは原理的に不可能なことなんだよ。おたくら人間の意識には、その両方から等しく両者の言い分が流れ込んでくることになる。それも絶えず、ね。だから、それらの要求の中から、なるべく精神に由来した善きイデアを選択して実行することに対する責任が生じるわけだ。しかし、肉体を蔑ろにして好いわけでは決してない。それでは死んでしまうからね。そこが難しいところなんだ」

そう言うと、彼はまた一口コーヒーを飲んだ。

「旨いな」

それから。ガラス越しに二階の窓辺から観える緑道の景色を見下ろしていた。パーカーのフードを頭に被せた若い男が、独り道端で蹲るようにしながらスマートフォンの画面を睨みつけていた。

イングリッシュモンキーは言った。

「ただでさえ難しい舵取りをしているところへ持ってきて、恋などという巨大なピースが入り込んでくれば、これはもう大変なことだ。若いうちは肉体もまだ元気だから、冷静に恋心にのみ忠実に、相手のことを想い続けながら、同時に自分のことも尊重し続ける、というのは曲芸にも等しい。だから恋は苦しいんだ。やがては肉体の側の欲望に支配されて、大切な恋心の方をどっかへ投げ捨ててしまうという間違いが起こったとしても、それはそれで全く責められたことでもない。残念ながら、ね」

「それでも。僕らはまた恋をすることになる？」と僕は言った。それはイングリッシュモンキーに対する問いかけではなかった。僕自身に対する問いかけでもない。世界に対する問いかけですらなかった。でも、そんな風に呟かざるを得なかったのだ。

「何度でも」と彼は言った。「たとえ幾つになってもね」

「なぜ？」と僕は今度ははっきりと判るように彼に対して問いかけた。

イングリッシュモンキーは言った。

「それでも恋はやっぱり素晴らしいものだからだよ」

彼と別れて帰りの電車に乗っている間じゅう僕は独りで恋について考えていた。今から思えば僕が例の恋人に対して最後まで怖いと感じることがなかったのは、彼女が最後まで、僕に対する恋心を失わないでいてくれたからなのだと思った。彼女の心の中心にはそれが朽ち果てることなく留まり続けてくれていたわけだ。そして、彼女は彼女なりに、その小さな胸を痛めてたくさんたくさん苦しんだことだろう、と。最後には別れることを承諾してくれたのも、そこに恋心があってくれたが故のことなのだ。僕だって失恋の痛手を乗り越えたことはある。その際にも助けになってくれたのは、最後には、その相手のことが本当に心から好きだったという事実だった。そう思えた時にやっと解放されたのだ。それに付随して蠢いていた諸々の欲望や邪な感情から。これからも彼女のことを好きでいれば好いんだ、とその時に僕は思った。そして、そういう自分のことも、好きでいれば好いんだ、と。

ここからは別の友人の話だ。

学生時代には周囲と較べてうんと尖がっているように観えた者ほど、長じては標準的な範疇の社会生活を送っているというのはわりとありがちな話である。既に書いてきたテニス・サークルの仲間たちの中にも尖がっていた若者たちはいて、これから語るのは彼らについての話である。

僕はといえば、その時代には全然尖がってはいなかった。そもそも池袋の駅前で迷子になったり、クイーンのウイ・ウィル・ロック・ユーを聴いて、その曲名も言い当てられない田舎者にどう尖れと言うのか。僕はその当時にはまだわりかしメジャー志向だったのだ。表現というものは世の中に出て、広く認められてなんぼだろう、という風に考えていた。そういうのは下らないと斜に構えているような連中の方こそ、よほど惨めで格好悪いと内心では見下していたような気がする。長じて自分の方が、かようなマイナー・ポエットまっしぐらの人生を歩むことになる等とは想像することも出来なかった。もっともそれは、僕自身の志向が変わったというよりは、状況がそれを許してはくれないということの方により多く起因している。僕は今でも売れない物よりはずっと売れている物の方が優れていると思っているし、売れていない者たちには売れていないなりの理由がちゃんと存在している、と感じている。大衆（自分もそのうちの一名であると自覚して、あえて言うのだが）は、いつでも真実を鋭く見極めるだけの感性を有していると思う。広告や教育によって矯正され得るのは精神のほんの表層のみである。人間の心というものは一個の宇宙よりも遥かに広大無辺のものであり、さらに奥が深い。科学がそこへと至り着くまでにはまだ当分時間がかかるだろうし、遂には至り着かないかも知れない。だからして人間というものは、この世界にある他の何よりも不思議で面白いのだ。

学生時代には尖がっていたそれらの友人たちとも僕は仲好く付き合ってはいた。向こうがどう思っていたのかは知らないが、僕の方では彼らに対する悪い感情はなかった。お勧めの洋楽を教えて貰ったり、CDを貸して貰ったりしていた。僕にはその好さはいまいちピンとは来なかったけれども。

そういう友人たちとも卒業後はなかなか会うことは叶わなくなってしまった。とにかく社会人三年目までは誰も自分の時間などという贅沢なものは持ち合わせていなかったからだ。

たまにどうにか会うことが出来ても、そこでは学生時代とは異なる時間が流れていることが多かった。中にはあからさまに会うこと自体を避けるようになってしまった者たちもいる。きっと僕らと会うことで、かつてのヤワな自分に引き戻されることを恐れたのだろう。その気持ちは解らないでもない。学生気分のままで出来る仕事など、この世界にはひとつも存在してはいないからだ。

それから。さらに数年が過ぎ去って、激動の社会人生活もようやく落ち着きを見せ始める頃合になると、僕らはようやくまた少しずつ、お互いに連絡を取り合うようにもなった。そして、以前とはもう少し異なる距離感でもって、それでもやはり親密に付き合うようになったのだ。その時点ではもう既に最初の勤め先を辞めて、次の職場へと移動している者たちもいた。僕もその中の一名だった。僕は学生時代のアルバイトの流れで就職した編集プロダクションを退社して、五反田にある電気メーカーの子会社で壊れた業務用のプリンターを修理する仕事に就いていた。これもアルバイトの流れで最終的には正社員にして貰ったのだが、勤務時間は規則正しいし、給料も手取りは少ないが、交通費など経費が別途に支給されるので、生活を営んでいく上ではぐっと楽になったような気はする。それにいざとなれば副業が出来るだけの時間的な余裕もある。事実、僕は年末年始などには引っ越しやボーリング場のアルバイトへ行って、貸間の更新費用などをせっせと捻出していたのだ、その当時には。

最初の嵐のような五年間を乗り越えて、そのように突然凪いだ時間の中に放り出されてみると、案外とやることがなかった。こういう時にこそ恋人でも出来たら最高なのだが、そうそう都合好くお相手が見つかるわけでもない。何といっても、それに先立つ数年間があまりにも忙し過ぎたが故に仕事上の関係以外のリンクは完全に絶たれてしまっていた。そして、ある日唐突に、その唯一絶対のリンクが断ち切られてしまったのだ。

そうなると。頼みの綱は学生時代の仲間たち、ということになるのだが、みんなが今、何をしているのかは断片的にしか伝わってこなかった。それまではあちらからのお誘いを断らざるを得ないことも多かったので、こうなってみて急にこちらから彼らを誘いだすのも後ろめたく感じられた。

僕は独りで、インターネット上に即席のホームページをでっち上げることにした。そこに日々起きたことや、今の自分の思いなどをわりかし素直に綴るようになったのだ。それによって何かが変わることを期待していたわけではない。日記の代用品として、そこに不要な感情を文章にして投棄していただけである。この日記は掲示板という形式で運営されていたので、アドレスが判れば誰でも見られるし、また書き込むということも出来るようにしてあった。しかしながら、その存在自体を近しい数名にしか伝えてはいなかったし、その彼らもけっして中身に書き込んでくることはなかった。

僕は淡々と仕事をこなし、夜になると家に帰ってパソコンを起動して、この掲示板に色々な文章を書き込んでいた。時々は詩を書いたことさえもあった。でも、誰もそんなものには反応を返してはくれなかった。それでもそれらの文章は僕のことを満足させてくれたし、中には案外面白く書けたものもあった。

そして。ある時点を境にして、この掲示板に「ＭＯＮＫＥＹ　ＰＥＯＰＬＥ」と名乗る二人目の投稿者が現れることになったのだ。ＭＯＮＫＥＹ　ＰＥＯＰＬＥはかなり控え目な投稿者だった。その投稿はいつも細切れで前後の脈絡を欠いていた。わざと意図して、そんな風に振る舞っている節があった。こちらの投稿には干渉せずに、それに茶々を入れてくるわけでもない。時々ふらりと現れて、言いたいことだけを言って去っていく。その言いたいことというのも、特に言っても言わなくても好いような、意味のある何かではないことが多かった。なんだか同じ喫煙所で、たまたま隣り合った二人みたいだった。僕はだからＭＯＮＫＥＹ　ＰＥＯＰＬＥの投稿には特に関わらなかったし、さりとて迷惑だというそぶりも見せなかった。判読不明な記号を並べ立てているわけではないのだし、それは誰かの声には違いなかったからだ。僕らはその時期、二人だけで、同じ板の上に並び立っていた。そして生活上で生じた他では拭い難い心のしこりのようなものを、文章に置き換えてそこに捨てていたのだ。

やがて。僕は彼のある投稿をきっかけにして、とうとうＭＯＮＫＥＹ　ＰＥＯＰＬＥの正体に気がついた。それを確信したというべきだろうか。ＭＯＮＫＥＹ　ＰＥＯＰＬＥは僕の学生時代のサークル仲間の一名であると僕は断定した。でなければ、そもそもこの掲示板まで辿り着くことは不可能なのだから、これは自然なことである。それが判明した後で、僕は現実の方の彼に電話で直接連絡を試みることにした。やっと、君の正体が判ったよ、と言う代わりに。

「今度、久しぶりに会えないかな？」とその電話での会話で僕はそう切り出した。「最近は暇なんだけど、誰に電話をして好いのか、今じゃ判らないんだよ」

「好いよ」という返事が返ってきた。

それで、僕らは実に久しぶりに五反田の駅前で再会を果すことになったのだ。二人で飲み屋に入って、ビールを飲みながら話をした。たしか夏のことだったと思う。僕らはどちらも三十に差しかかっていた。もう、それほど若いとも言えない。さりとて経験十分というわけでもない。このまま人生を逃げ切るにはまだまだ先は長い。そんな年代だ。三十。

改めて。そうやって向かい合ってみると、彼と話すべきことはそれほど多くはないことが判った。僕はその掲示板にはかなり明け透けに書き込んでいたので、向こうにはこちらの近況は筒抜けであろうなと思った。僕としては彼の方の近況を詳しく聞きたかったのだが、その彼は元々あまり口数の多いタイプの人間ではなかった。なかなか本音を明かさないとでも言おうか。でも、彼がその心の裡にとても多くの葛藤を抱え込んで生きているのだということは語らずとも伝わってくるようなタイプの男だった。静かで、奥深いのだ。でも同時にやさしくもある。互いの話が済んでしまうと、僕らはそこで大学時代の他の仲間たちの近況について、知っている情報を交換し合うことになった。僕らのサークルはみんなが等しく仲好しであったのだが（あれは本当に奇跡のようなバランスであったのだな、と今でも懐かしく思い出すことがある）、その中においても得意分野のようなものはあったのだ。あいつのことは、あいつに聞け、というような。僕は知っている友人の近況について話し、彼の方でも同じようにしてくれたと記憶している。

「この歳になると、会いたくてもなかなかそうはいかないよな」と僕は言った。

「みんな地方に行っちゃたからね」とMONKEY　PEOPLEは言った。

「まだ誰も結婚していないのが唯一の救いだよ」

「それもどうなんだろね？」

この晩のことで、僕が強烈に憶えているのはMONKEY　PEOPLEがマイルドセブンの六ミリを吸っていたことと、彼の祖母に当たる女性が首を吊って自殺してしまったのだという話を聞かされたことのみである。それが彼にとって何を意味しているのか、まではさすがに聞けなかった。でもMONKEY　PEOPLEは、僕にはその話を聞かせるべきだと思ったのだ。そうでなければ軽々しくそんな話題を持ち出してくるような友人ではなかった。

「また物を書く仕事に戻るつもりはないの？」と彼は僕にそっと訊いた。

「そうだなあ」と言って、僕はそれに続く言葉を濁した。

「けど、ずっと今の仕事を続けるわけじゃないんでしょ？」

「もう疲れちゃったよ」と僕はそう言って笑った。「辞める時にもあれやこれや大変だったからね」

　それは事実、その通りだった。その時期にはまだ以前の職場から連絡が来ることもあって、そういう際には脇の下に嫌な汗をかいたものだった。

　僕は言った。

「物を書くことは好きだし、自分の書いた文章が世の中に出て、それが人目に触れるというのは嬉しいことだけれど、好きに書けるわけではないからな。それに実際には書くこと自体は最後の最後に巡ってくるご褒美の如きもので、それ以外の時間にはそのためのスペースを確保するための戦いに追われることになるんだ。紙の上でさえ僅かな面積の取り合いなんだよ、この世界は。そういうのが身に沁みてしまった」

「俺はね」と彼は僕の顔色を繊細に伺いながら言った。「昔から、こいつは考えていることは稚拙だけれど、それを世の中に押し出していく力だけは強いなって思っていたんだよ。君のことは」

「へえっ」と僕は意外に思って呟いた。

　彼らのような人間が、どこかで僕のことを馬鹿にしていることは薄々わかってはいたのだが、同時にそんな風に評価してくれてもいたのだな、と。

「今はそんな気になれなくても、ああやって書き続けていれば好いと思うよ」と照れ臭そうに彼は言った。「小説なんかも書いているんだろ？」

「でも、到底読めた代物じゃないんだ」と僕は正直に言ってしまった。「まだしも、あの掲示板に書いている文章の方がマシなんだ。堅苦しいのは苦手でさ」

「続けているっていうのは凄いよ。それくらいは褒めてやろうかなと思って、今日は来たんだ」

「有り難う」

「俺は思うんだけどさ。何事も少しずつ、だよ」

「少しずつ？」

「そう。少しずつ」

彼はその当時にはシステム・エンジニアの職に就いていて、どこかの会社に所属しているということだった。しかしながら、その会社自体に顔を出すことは殆どなくて、職場は派遣先が主であり、そこでの人間関係の方が今後も仕事を続けていく上ではずっと重要なのだと教えてくれた。僕はその関連には全く疎かったので、経済学部出身の彼が、どういう経緯でシステム・エンジニアを生業にすることになったのだろうかと思ったくらいだった。

「プログラミングはいつ覚えたの？」と僕は訊いた。

「就職してからだよ」と彼は答えた。

「それで、出来るようになるもんなんだね？」

「うん。まあね」

「そっちは？　ずっと続けるつもり？」

「う〜ん」と言って、彼はさらりと笑った。「他に出来ることもないし、ね」

長い人生を生きていると、あの時に、あの話題は口にするべきではなかったな、ということが幾つかはあるものだ。僕はそこで、それをやってしまったのだという実感がある。MONKEY　PEOPLEは僕の掲示板を読んで、それに書き込んでくれた原初の一名でもあったから、僕としては勝手に彼のことを身内として捉え過ぎていたのかも知れない。いずれにせよ、僕はこの後で、学生時代の共通のある仲間についての、ある疑念を口にすることになるのだが、それは口に出すべきではなかったな、と今でも後悔している。僕がそれを口にした後で彼はトイレのために席を立ち、それからかなり長い時間戻ってはこなかった。僕はその間ずっとテーブルの上に放り出されたままのマイルドセブンの六ミリのソフト・ケースを眺めていたような気がする。ようやく戻ってきた後でも、彼の方ではあまり落ち着かないようだった。僕はそれで申し訳なくなってしまい、そうそうに話を切り上げて、店を出ることにしてしまったのだ。

それが、その友人との長いお別れになってしまった。別れる際には、また飲もうよ、と声をかけたのだが、彼はもう僕の誘いには応じてはくれないんだろうな、とわかっていた。

それから。数日間はマイルドセブンの六ミリを吸っていた。僕はその時代にはキャビンマイルドを好んで吸っていたのだが、マイルドセブンは吸ってみると、とても美味しいタバコであることがわかった。六ミリというのも、ちょうど好い。これは本当に彼らしいタバコだなと思った。ちなみに最初に話をしたストーカー被害にあった友人は学生時代にはラークを吸っていた。男はやっぱり赤ラークやで、と口癖のように言っていた気がする。そのサークル仲間たちは、ほぼ全員が喫煙者だったのだが、みんな好みの銘柄が別々で、それは彼らの個性に絶妙にフィットしていた。僕は後にはタバコ屋で働くことにもなるので、大体の銘柄の味の傾向は把握しているのだが、好みのタバコには不思議とその人物の人と成りが表現されているものだという風に感じる。当時の同業者の一人は、毎年親友の命日になると彼のタバコを吸うことにしているのだ、と教えてくれた。その気持ちは、とてもよく解る。幸いにして僕の親友たちはまだ全員が元気に存命中であるので、その必要には及ばないわけだけれど。

そんな僕らも現在では四十を通り越えており、殆どの友人たちは結婚してしまった。京都の友人は家業を継いで二人の娘の父親として日々忙しく働いているようだし、MONKEY PEOPLEも地元へ戻って結婚した、と風の噂で聞かされた。僕だけがいまだに独りでこんなことをやり続けているわけだが、それを嘆いてみたところで仕方がない。失った時間は取り戻せはしないし、ここから自分なりにベストを尽くすしかないだろう。

でも、時々。僕は普通の人間がだいたい三十歳くらいで辿り着く境地に、ようやく今頃になってひょっこり辿り着いたのではなかろうかと思えてしまうことがある。だとすると、この一五年間の遅れは致命的だ。今さらでは遅過ぎることが既に数多く出来ている。そして、この先もそれは増えることこそあれ、けっして減りはしないものだからだ。

やれやれ。本当に、やれやれだ。

いつかまた、あの時代の仲間たちと巡り会いたいものだ、と心から、そう思う。たとえ、みんなが、かつてとは違ってしまっていたとしても、それでも。線路脇にある、あのアパートの軒下でタバコを灰に変えてみたいものだ、と思う。そして僕らが等しく時間を分け合っていた時代のことを懐かしく語り合いたいものだ、と思う。

＊

ここからは延長戦だ。この話はエクストラ・ラウンドに突入した。それでは話を、もう少しだけ続けよう。

その掲示板は我が初代パーソナル・コンピューターの故障と同時に消滅してしまった。あるいは現在でも広大なインターネット空間の狭間を宇宙ゴミのように漂っているのかも知れないが。こちらからはそれにアクセスする術はない。その必要もまた、ないだろう。

京都の友人とはもう十五年以上も連絡を取り合っていない。彼にも謝っておかなければならないことが一つある。実は彼が僕の部屋に泊まりに来てくれたあの晩には、僕の部屋には当時の恋人が押し掛けて来てしまっていた。何度断っても言うことを聞いてくれなかったのだ。そこで彼には愉快とは言い難い一夜を過ごさせてしまったことは想像に難くない。それが翌日の面接結果に悪い影響を及ぼさなかったことを祈るしかない。

それと、もう一つ。その後に僕は彼の結婚式に出席するために京都へまで出掛けたこともあった。その時にも僕は式に遅刻してしまった。会場の教会が市内からはけっこう離れた場所にあって、ホテルを出た時点ではすでに手遅れだったのだ。たしか新郎新婦が入場してくる直前くらいにそこへ辿り着いたと記憶している。結婚式というのは大抵は新郎よりも新婦の方が圧倒的にナーヴァスになっているものだから、彼にも余計な心理的負担をお掛けしたことだろう。この場を借りて謝っておきたい。あれは本当に申し訳なかった。

かつての「MONKEY　PEOPLE」とも連絡を取り合う術はない。今日もどこかの空の下で彼がメビウス・スーパーライトを黙々と灰に変えていることを祈っている。いつかまた、どこかの地平で巡り合い、何十年分も草臥れたこの身体に鞭を打って、同じ一個のサッカーボールを蹴り合うことが出来たら最高だ。

最後になってしまったが、一人の女性のことも書いておく。彼女もまた同じサークルの出身者だ。そして僕の掲示板に書き込みをしてくれた三人目の投稿者でもあった。彼女がその掲示板を通して僕にその存在を教えてくれた、ある一人の作家が、僕が今日でもこうして物を書き続けていくための大きな支えとなってくれている。彼女もMONKEY PEOPLEと同じか、それ以上に、学生時代には尖がっていた。学部は同じだったものの実際に言葉を交し合った機会はさほど多くはなかったと記憶している。この手の人々というものは自分の感情は心の裡に大切に取り置いておくという習性が備わっているものらしい。こんな風に何でもかんでも他人様に対して、あからさまにはしないものなのだ。それが彼、彼女らの人間的な深みに繋がっている、と僕は思う。そして、それが本当に必要な時にだけは、そっと手を差し延べてくれる。

彼女が書き込んでくれたメッセージは、気が向いたら読んでみたら？ という程度の軽い誘い文句だった。私はもう、そんなものはとっくに卒業してしまったのですけれど、と。この彼女も、もう二十年近く前には結婚もして家庭に収まっていたはずだから、現在ではベテラン主婦になっているはずだ。当時の彼女は米の研ぎ汁を有効活用して、自身の料理に深みを生み出そうと苦心していた。そんな彼女が後ろに置いてきた物をこの僕が拾い上げ、今でもこうして、せっせと物を書いている。

そんな風にして、われわれは今でも繋がっているのだ、と言うことは可能だろう。上空に浮かんだ切れ切れの雲のように。そこをどうやら貫いておるらしい、頼りなげな、たった一本の輪を介して。

こう思うのは、いささか虫が好すぎるだろうか？
マイナー・ポエットのこんな強がりも、彼らであれば、笑って赦してくれるはずだ。

珈琲大路

Coffee Avenue

彼女は、そもそもの始まりからして、特別な女性だった。

私にはそれは、ちゃんとわかっていた。この子は特別なのだ、ということが。我々は魂の上での兄妹だった。だから、私には彼女の考えていることが、手に取るように理解できた。でも、その当時には、私にはそのことを彼女に伝える術がなかった。そんなことを打ち明ければ、そう言って口説いていると思われるのが落ちだろうし、どうせ口説くのであれば、もう少しくらいはましなやり方があるだろうに、と思われるのが関の山だろう。だから、私は何も言わなかった。彼女が淹れてくれるコーヒーを有り難く飲んでいただけだ。

やがて。彼女は私の前からは去っていった。他の数多くの女性たちと同じように。私は去っていく彼女のことを見送った。

「いつかまた、どこかで会えたら好いね？」と私は言った。

彼女はそれには何も答えてはくれなかった。ただ潤んだアーモンド形の瞳で、私の目をじっと見つめていただけだ。

彼女は写真が趣味だと言ったが、その腕前は趣味の領域を軽く飛び越えていた（と私は思う）。私は一度、彼女が撮影した写真を見たが、そこには紛れもない才能の成果物が映し出されていた。しかしながら彼女はそれを職業にはせずに、代わりに我々のようなろくでなしどものために心を籠めてコーヒーを作ってくれていたのだ。バリスタとしての彼女の腕前は……それについて語るのは止しておこう。私にはそのような資格はない。私は世のコーヒーと名のつく物たちに対してそれほど多くを求めてはいない。それに元より、一人の人間に対して同時に多くの才能を求めるというのは酷な仕打ちだ。

彼女の店はその当時私が暮らしていたマンションのすぐ下の通りにあった。隣にはフランス料理を供するカフェがあって、他にもクリーニング屋やハンバーガー・レストラン等が軒を連ねていた。それから英国の陶芸家たちの作品を展示販売するギャラリーもあった。私はそこで、イギリス人のとある女性芸術家が創ったソーサー付きの小さなカップとジャグを購入したことがある。どちらも白くて円くて一見すると工業製品のようにも見える。でも、よくよく目を凝らせて見れば、それが人の手に依るものであることは、ちゃんとわかる。それが彼女の作品を気に入って手に入れた理由だった。使うということに無頓着な芸術作品に用はない。だが、こういう慎ましやかな自己表現の在り方には、こちらも自然な好感が抱けるというものだ。

彼女の作品はいまでも私の部屋の中にある。

最初の彼女の話に戻ろう。とはいっても、私には彼女について語れることは、もうそれほど多くはない。随分昔の話だし、それほど多くの言葉を交し合った仲でもない。私はまだ若く、臆病で、救いようがないくらい愚かだった。もっとも愚かしさという点で言えば、現在でもさほど成長はしていないのだが。

我々（というのは私とその彼女のことである）は、魂の上ではとっくに老成してしまった者同士だったのだろう、という風に私は考えている。実年齢よりも遥かに早く歳を取ってしまった者同士だ。要するに、我々はどちらも根っこの部分では、とても古風な人間だったのだ。だから同年代の人間たちの中に放り込まれると、時々とても息が詰まる。彼女といると、そのような息苦しさからは一時的に解放されることが出来た。何というか、慈しまれていると感じていた。他にはそのような相手は一名たりともいなかった。特別と言ったのは、そういうことだ。

いつかまた、どこかで会えたら好いね？

本当は。私が口にするべきだったのはまったく別の言葉だったのだろう、と思う。

この小品を彼女に捧ぐ。

あとがき

本書に収録されている作品は全て二〇二一年一一月から一二月にかけて執筆された。はじめに英語で原題を作り、邦題は完成後に作品を見直して付けた。原題は各作品の扉頁の裏面に記してある。興味のある方はご覧下さい。ある日、わが家の目の前にオックスフォード英英辞典を捨ててくれた誰かに感謝している。

コーヒー・アベニューというタイトルは、元々は作品化するつもりで作ったものだ。執筆は途中で断念したが、代わりに書名として採用することにした。邦題はこれに充てたものである。こちらは各所で二重表記にしてあるので、お好きな方で憶えて下さい。

出版の準備過程で想定よりも頁が余ることが判り、最後の力を振り絞って、三頁の小品を表題作として添えることが出来た。短いが、作家にとっては何物にも代え難い作品だ。

全体として見れば、比較的読み易い作品が並んでいると思う。珈琲のお供に読んで下されば、著者としてはこれに勝る歓びはない。

一冊の本が出来上がるまでには、本当に様々なことがあるな、と今回改めて思った。今はただ、ほっとしている。

二〇二二年五月五日

ルーシー渡辺

COFFEE AVENUE
Lucy Watanabe

FUJIMINO PUBLISHING

珈琲大路

ルーシー渡辺

2022年６月30日第１刷発行

発行者　渡辺智博

発行所　ふじみの出版

〒356‐0036　埼玉県ふじみ野市南台2‐4‐10フローラハイツU201
電話　(049) 256‐9352

印刷　錦明印刷株式会社

製本　錦明印刷株式会社

Printed in Japan
価格はカバーに表示してあります。

ISBN978-4-9910937-1-5

THE MASTER WORKS

FUJIMINO PUBLISHING

SINCE 2019

OPEN